# O hipopótamo

Chico Mattoso

# O hipopótamo

todavia

*Para Beth, Jorge e Suely*

*Uma espinha na garganta*
*pode esvaziar a voz.*

*Mas a voz vazia também fala.*

Roberto Juarroz

# I

A porta da sala faz barulho demais. Ela abre para dentro, então ao chegar da rua Rodrigo precisa primeiro dar um puxão, sentir a resistência do batente, torcer devagar a maçaneta — e só aí empurrar, num golpe seco, sufocando o rangido da dobradiça. Ele larga a mochila no chão. Passa pela porta da cozinha na ponta dos pés. A lâmpada do corredor está queimada, os tacos soltos estalam ao menor contato, mas ele sabe onde pisar, vai saltitando casa adentro como um campeão de amarelinha. Chega à suíte, contorna a cama, pula os jornais, entra enfim no velho banheiro. A temperatura cai. O ar ganha um eco sinistro. Os azulejos o encaram, duzentos e cinquenta e oito olhinhos a medir seus passos e torcer por sua ruína. Ele respira fundo. Chega ao gabinete da pia e abre a segunda gaveta. Analisa a desordem de utensílios, dispostos de maneira a confundir seus sentidos. Mas sua visão não é normal. Ninguém vê, ouve ou sente como ele. Rodrigo afasta o tapete e puxa o banquinho do box, que posiciona diante do espelho. Sobe com cuidado, pega a gilete de duas lâminas e começa a raspar a sobrancelha direita.

Está chegando na metade quando abrem a porta. Grito agudo, falta de ar, duas palmadas ardidas estalando na bunda. Os pés não tocam mais o piso: a mãe o ergue pelo braço e arranca a gilete de sua mão. Rodrigo tenta dizer alguma coisa, mas é interrompido por um urro incontrolável, nascido do fundo do peito, mais forte que a vergonha ou a vontade de se explicar. O fôlego acaba. Está prestes a voltar à carga quando percebe que a mãe o largou e agora cambaleia rumo à privada, onde desaba e leva as mãos ao rosto — e, para sua surpresa, também começa a chorar.

Rodrigo engole as lágrimas. O choro da mãe é diferente do seu: começa devagar, um ganido tímido, e vai aos poucos ganhando força. Ele se aproxima com cuidado. Passa a mão no cabelo dela, o melhor cabelo que ele conhece, um cabelo tão liso e brilhante que parece pertencer a outra ordem natural, mas ela o puxa e aperta contra o peito e começa a gaguejar: filhote, ela diz, empapando de lágrimas e saliva o seu pescoço, me perdoa, ele querendo dizer que está tudo bem enquanto ela repete aos prantos, me perdoa, me perdoa, isso não vai mais acontecer, por favor perdoa a mamãe.

*

Seus heróis favoritos têm habilidades específicas. Olfato aguçado. Superelasticidade. Rajadas ópticas. Regeneração celular. São poderes que Rodrigo sente que poderiam ser seus, ou melhor, que talvez até já estejam dentro dele — só falta o momento certo de trazê-los à luz. É bem possível, por exemplo, que ele tenha sido picado por um borrachudo radioativo quando era pequeno. Foi naquela pizzaria de Caraguá. A que tinha um garçom parecido com o Casagrande.

Rodrigo não sabe exatamente que tipo de herói gostaria de ser. Prefere pensar que é um superalguém em estado bruto, prestes a descobrir a verdadeira vocação. É suficiente, por enquanto, exercitar as habilidades que estão à mão. O desenho de robôs. O chute com efeito. A expansão das narinas. As equações de primeiro grau. Rodrigo já conseguiu esfriar a água do chuveiro com a força do pensamento. Um tempo atrás aprendeu a virar as pálpebras e ficar parecendo um zumbi. E é também o rei do silêncio.

Ninguém controla o silêncio como ele. O barulho ao redor não importa — ele sabe que o silêncio é seu, que é capaz de dominá-lo, de acessar seu núcleo inviolável quando bem entender. Os pais se esgoelam ao telefone, escuta, eu tô falando, não, eu tô falando, *eu já disse que eu tô falando, cacete*, mas a Rodrigo basta um pensamento, um clique, e pronto. Não é preciso se trancar no quarto. Não é sequer necessário tapar os ouvidos. É possível ficar lá, no chão, os bonequinhos dançando em seus dedos, as palavras entrando em seus ouvidos como visitantes de um museu, olhando em volta, parando aqui e ali, deslocando-se para a sala seguinte, até a hora de ir embora.

*

Minutos depois, mais calma, a mãe insiste: não tem nada de errado com suas sobrancelhas. São herança do bisavô português, ele não lembra das fotos?

Rodrigo não tem o menor interesse no bisavô. Quando pensa nele, imagina duas sobrancelhas gigantes entrando num navio, acomodando-se na cabine, aguardando com paciência a chegada ao Brasil, onde desembarcam sorridentes e desgrenhadas, prontas para infestar os descendentes de pelos faciais.

*

Raramente vê a mãe dormindo. Quando acorda ela está de pé, quando vai dormir também. Se por acaso um pesadelo o desperta de madrugada, a encontra sentada na cama, o abajur aceso, lendo ou fazendo palavras cruzadas. Às vezes, de noite, durante a novela, consegue flagrar um cochilozinho no sofá da sala, nunca mais que alguns segundos, e quando ela desperta é sempre num pulo, os olhos arregalados, como se tivesse acabado de cometer um erro terrível. A mãe está sempre alerta, viva, presente, e ainda assim Rodrigo tem medo de perdê-la, não raro é atacado pelo pânico da possibilidade da sua morte.

Não tem o mesmo receio com relação ao pai, ele parece mais durável, mais consistente. A mãe não, tem algo de inflamável nela, como se o mesmo fogo que a aquece por dentro, que a mantém desperta e viva e pulsante, pudesse causar uma combustão e destruí-la por completo.

*

Rodrigo está brincando no armário, no espaço que se abriu dentro dele depois que uma infestação de cupins destruiu parte do gaveteiro. É seu refúgio, uma casa dentro de casa, o lugar onde pode se dedicar a ocupações como lustrar o canivete ou checar se a coleção de baterias de relógio continua guardada na caixinha de filme fotográfico. Pode também organizar a hierarquia dos seus bonecos, dos Legos (pequenos e engenhosos como crianças superdotadas), passando pelos Playmobils (mais velhos, mais brutos, bons cumpridores de ordens), até chegar aos Comandos em Ação (flexíveis, violentos, pouco dignos de confiança). Ele está lá dentro, lendo o caderno de esportes com a ajuda de uma lanterna, quando ouve um grunhido no cômodo ao lado. Encontra a mãe no meio da sala, de cócoras, a camiseta empapada de suor, esfregando furiosamente um pequeno ponto do piso. Ela faz a faxina do apartamento todos os dias, mesmo quando a moça da limpeza vai, mesmo quando está tudo brilhando, mas não é comum que Rodrigo a encontre assim, dobrada sobre si mesma, dedicando toda a sua energia a uma atividade tão banal, como se disso dependesse sua sobrevivência: o corpo teso, a respiração ofegante, a mandíbula travada dentro da boca, e embora ver a mãe transformada numa espécie de bicho cause em Rodrigo uma aversão profunda, uma vontade de gritar ou de sair correndo, ele não faz nada, ele não se move, ele deixa que a mãe continue, que a mãe termine o que começou.

O pai. O bigode do pai. Os lábios finos do pai. As mãos do pai batucando o volante do Fusca bege, que atravessa a Sumaré rumo ao sobradinho da Alves Guimarães. Fica tranquilo, diz ele. Sobrancelha cresce. Aposto que a tua mãe fez o maior escarcéu por causa disso. Acertei?

Rodrigo acaricia o estofado do Fusca, o dedo passeando na costura irregular. Acostumou-se a não falar muito sobre a mãe com o pai, e vice-versa. Prefere mantê-los em compartimentos distintos, como dois continentes separados por um grande oceano, que só Rodrigo, graças a formidáveis talentos de navegação, consegue atravessar sem nenhum arranhão.

Ele sabe: um dia, muito tempo atrás, numa época tão remota quanto a dos dinossauros, aqueles dois continentes estiveram unidos. Não faz sentido, é inconcebível, ou melhor, é tão inconcebível quanto feras carnívoras de dez metros de altura. Não importa: o passado está morto, extinto, e nas raras vezes em que vem à tona — em fotos do exílio, na lembrança de algum parente, no reencontro acidental da mãe com uma antiga companheira de cela ("ela falava no seu pai sem parar", conta a mulher, sorriso de orelha a orelha, sem perceber a montanha de constrangimento que acabou de gerar) — a mente de Rodrigo o transporta automaticamente para o presente, para o seu mundo, para os dois continentes que ele conhece tão bem. Eles existem. São palpáveis. Cada um tem suas leis, suas regras de conduta. É preciso saber falar línguas distintas, e Rodrigo as domina com a fluência de um poliglota.

É claro que existem perigos. As leis não estão esculpidas em pedra. Elas se modificam, embaralham, ganham novas interpretações. É preciso atenção constante, e Rodrigo absorve tudo, aprendendo novos atalhos, reinterpretando sinais, engordando seu conhecimento feito um constitucionalista ou um cartógrafo. Lição da semana: raspar as sobrancelhas faz a mãe se esgoelar de chorar.

*

A casa do pai é antes de mais nada o pequeno pátio de lajotas vermelhas, o paredão cinza, o barulho que a bola faz cada vez que atinge o paredão. Quando ela volta, Rodrigo tem que chutar de primeira, sem que bata na mureta lateral. Num dia bom, depois de alguns minutos de aquecimento, os chutes começam a sair automaticamente, cada vez mais precisos, de modo que a perna parece ter se soltado do corpo e resolvido trabalhar sozinha, pof, pof, pof, a cabeça de Rodrigo transformando-se numa máquina de contar, pof, trinta e dois, pof, quarenta e sete, pof, setenta e três, pof, cento e catorze, a perna envolvida por uma espécie de magnetismo, indestrutível, indomável, infinita.

Foi o Zé Rubens quem falou que as frações nada mais são que partes de coisas. Primeiro ele deu o exemplo da pizza em pedaços. Depois tirou da bolsa uma maquininha com um pêndulo para cima, tipo um relógio invertido, e explicou que os músicos usam esse aparelho quando querem marcar o ritmo, que o ritmo nada mais é do que o tempo fracionado, cortado em pequenas unidades, e por algum motivo quando ele falou isso a classe inteira explodiu, a Ju fazendo pergunta, o Breno falando de um tio trombonista, os caras do fundão batucando na carteira, e quando o pessoal percebeu o Zé Rubens estava olhando para baixo, sério, quase triste, acariciando a maquininha como se fosse um gato, e aos poucos as vozes foram se calando e ele soltou um suspiro e terminou a explicação.

Enquanto chuta a bola na parede, Rodrigo se dá conta de que sua perna não é muito diferente daquele relógio de ponta-cabeça. O mundo é feito de pêndulos, ele pensa, de coisas que estalam e ciciam e cortam o tempo em milhares de pedacinhos, como espadas de samurai. O Zé Rubens provavelmente ia gostar dessa comparação. Foi ele, afinal, quem disse uma vez que o número primo não passa de um algarismo com medo de companhia. Mas Rodrigo não vai falar nada. Ele gosta do Zé Rubens, sente que o Zé Rubens gosta dele também, percebe o olhar cúmplice cada vez que o Zé Rubens faz a chamada ou entrega a prova, mas algo lhe diz que é melhor manter distância, que as coisas estão indo bem desse jeito, que não há por que estragar o que já está funcionando.

*

Rodrigo termina de grudar o esparadrapo na sobrancelha. O pai não entendeu a razão do curativo, deu um daqueles sorrisinhos sarcásticos que são sua especialidade. Enquanto analisa o resultado no espelho, Rodrigo se imagina explicando para a Ju como tudo aconteceu: ele caiu de uma árvore, ou foi atacado por um animal selvagem, ou talvez as duas coisas, ele escalando um ipê gigantesco que tem na sua rua quando um pássaro que morava lá em cima avançou sobre ele, o bicho estava bravo, claro, quem mandou invadirem seu lar, e embora Rodrigo tenha tentado se explicar, às vezes ele consegue, ele faz uns sons com a boca que os animais parecem que entendem, o pássaro não quis nem saber, ele estava realmente indignado e começou a bicar sua cara, uma vez, duas, e Rodrigo teve que pular do alto da árvore, e por sorte a grama amorteceu, e quando chegou em casa ele viu que tinha um corte ensanguentado na sobrancelha, e no hospital o médico disse que ia ter que raspar, que se não raspasse ia inflamar e talvez o olho dele caísse, e enquanto termina de narrar sua aventura Rodrigo percebe que a Ju o encara fascinada, tentando encaixar dentro de sua cabecinha perfeita toda a bravura e intrepidez contidas naquele relato.

É claro que ele não vai dizer nada para a Ju. Os dois estudam na mesma classe, dividem o mesmo teto todas as manhãs, mas Rodrigo nunca conseguiu juntar coragem para se dirigir a ela, nem uma palavra, nem mesmo um "empresta o apontador". Tem gente que faz isso com ele, que parece alimentar o monstro da sua timidez. As pessoas da escola se dividem em dois grupos, aqueles com quem ele não tem vontade de falar e aqueles com quem não consegue. A Ju acreditaria nele? Difícil saber. Só o Lucas, provavelmente, ouviria sua história sem questionamentos — mas para ele Rodrigo não precisa mentir.

*

O Lucas é legal. O tipo do cara que não só te convida para conhecer o Super Nintendo que a tia dele trouxe do Japão como te deixa passar a tarde inteira jogando F-Zero e ainda abre o armário do pai e tira do fundo da gaveta um charuto cubano guardado numa latinha colorida — e quando você tem um acesso de tosse de sete minutos ele dá tapinhas curativos nas suas costas e te chama para voltar outro dia e assistir à cópia de *Calígula* que ele gravou secretamente no videocassete da sala.

Pena que na escola ninguém sabe disso. Na escola o Lucas é o Gosma, um bobo alegre que só tira D e E e parece ter uma torneira de catarro dentro da cabeça. Rodrigo sabe que não devia se importar com essas coisas. Sabe que conhece o verdadeiro Lucas, que o verdadeiro Lucas é espiritualmente superior a qualquer um dos babacas que insistem em rir da sua cara, que num mundo mais justo o Lucas não seria um proscrito, mas uma fonte de admiração, sem falar no talento no Mario Kart. Rodrigo sabe de tudo isso, mas não consegue evitar: do portão da escola para dentro, Lucas se transforma num objeto tóxico, do qual é preciso manter distância.

O pior é que Lucas não liga. Aceita passivamente sua condição, ciente de que a aproximação dos dois arruinaria qualquer chance de Rodrigo conseguir a amizade do Breno ou a atenção da Ju ou mesmo o respeito silencioso dos grandalhões do colegial. No recreio, quando vê Lucas sozinho na muretinha do pátio, se emporcalhando com um iogurte como se ainda não tivesse aprendido a usar a colher, Rodrigo costuma ser tomado por uma comoção estranha: algumas vezes dá vontade de abraçá-lo, outras de socar sua cara até transformá-la num purê de sangue e coriza. Mas é sempre mais fácil virar para o outro lado e ir assistir ao futebol.

A perna direita de Rodrigo não costuma se comportar muito bem quando deixa o pátio do pai, mas isso não impediu que um dia ele tentasse a sorte no futebol do recreio. Fazia uma semana que ele tinha entrado na escola, e deve ter sido o anonimato de recém-chegado que lhe deu a coragem de se aproximar da pequena aglomeração que se formava no meio da quadra grande, segundos depois de o sinal do recreio tocar.

Perto da linha lateral, dois meninos de braços cruzados examinavam um grupo de colegas. Eles tinham sido os primeiros a chegar na quadra, e agora saboreavam o privilégio de selecionar os times que iam dar início aos jogos do dia. Não era preciso muito esforço para perceber que os verdadeiros líderes não eram aqueles dois, muito menos os cerca de vinte coitados que se acotovelavam diante deles, mas sim os três ou quatro carinhas que tocavam bola despreocupadamente perto da trave do fundo, pairando acima de tudo, reagindo com indiferença quando o processo terminava e os dois selecionadores, já despidos de suas fantasias de anjo da morte, se aproximavam com ar humilde e comunicavam: cê tá no meu time, tá?

O processo de seleção andava pela metade quando Rodrigo se enfiou no meio do grupo e se fez visível para os dois. Sabe jogar?, perguntou um deles. Em condições normais, o tom desconfiado daquela voz, somado à avalanche de olhares que imediatamente desabou sobre ele, teria feito Rodrigo derreter numa poça de timidez e escorrer silenciosamente para fora dali. Mas era a primeira semana de aula, Rodrigo era uma espécie de alienígena num planeta estranho — e por algum motivo o fiapo de voz com que ele gaguejou "sei" foi suficiente para receber um voto de confiança.

Escalado na lateral direita, nos primeiros minutos Rodrigo fez um gol meio sem querer que pareceu ter sido perfeitamente planejado. O moleque joga!, disse um dos colegas de time, e aquela frase, junto dos sorrisos, dos cumprimentos, das expressões de quem acompanhava a partida do outro lado da grade, atingiu Rodrigo com a força de uma revelação. O nervosismo evaporou. Os passes começaram a sair de seus pés com perfeição. Ele acelerava o jogo quando queria, parava a bola quando precisava, a cabeça testemunhando embasbacada as decisões que o corpo tomava, apagando a distância entre o que Rodrigo era e o que queria ser, apagando a própria *ideia* dessa distância. Seu time ganhou quatro jogos na sequência, e quando o sinal tocou um dos craques da escola — que chamava Renan, jogava no Pequeninos do Jockey e era desejado por nove entre dez meninas da sexta série — caminhou com ele até o bebedouro e lhe ofereceu um pedaço do seu Chokito.

Mais tarde, depois da aula, sentado no banco mais alto do 719P, envolto pelo odor de fuligem e pipoca doce que entrava pela janela quando o ônibus começava a subir a Teodoro Sampaio, Rodrigo tentou dar algum sentido aos acontecimentos do recreio. Alguma coisa parecia ter abandonado seu corpo, algo que o sufocava sempre que se sentia observado por alguém. Ele estava livre. Sua perna direita estava livre. Cada uma de suas habilidades até então secretas estavam livres, prontas para conquistar o mundo e fascinar as multidões. A vida se abria para Rodrigo, e o mais estranho era perceber a suavidade com que a transformação tinha acontecido: ele sempre imaginara que aquele momento chegaria, mas como adivinhar que seria tão fácil, tão indolor?

*

Dois dias depois, no auge da confiança, Rodrigo se ofereceu para bater uma falta no meio de campo. Tentou chutar de três dedos, estilo Neto, do jeito que às vezes treinava no pátio do pai. Visualizou a trajetória da bola, a curva ao redor da barreira, a lenta parábola até o ângulo direito do goleiro. Mas tomou muita distância, teve que encurtar o passo durante a corrida, quando armou a batida o pé de apoio deu um leve toque na bola. O chute se projetou no vazio. Rodrigo se estatelou no chão, de onde ficou olhando a bola rolar frouxamente rumo à linha lateral. O pessoal caiu na gargalhada. Foi o suficiente para tudo começar a desmoronar.

Não era para tanto, claro. O próprio Renan tinha levado um tropeção ridículo na véspera, dado umas risadas e voltado a jogar. Era o que se fazia. Era o que pessoas como eles deviam fazer. Rodrigo respirou fundo, fez um esforço para se recompor, mas ao tocar de novo na bola percebeu que tinha voltado a ser o jogador de sempre, hesitante, inseguro, o coração galopando descontrolado dentro do peito. Ainda deram uma colher de chá para ele no dia seguinte, mas bastou o primeiro gol contra — de cabeça, num escanteio, nada tão terrível assim — para alguém lançar o trocadilho: Ruindrigo! Daí em diante o tobogã da humilhação só se acentuou.

Que espécie de provação era aquela? Que teste de caráter incluiria um vexame daquele tamanho? Se ele nunca tivesse tentado jogar, se fosse um daqueles moleques esquisitões que não se interessam por futebol, era possível que tivesse conquistado alguma espécie de respeito reverso. Mas agora ele fazia parte da casta dos pernas de pau, dos pobres coitados que não tinham sequer a sensibilidade de perceber as próprias limitações — e tinha ficado tarde demais para convencer alguém do contrário.

*

Rodrigo nunca mais tentou jogar. Quando o sinal do recreio toca, ele espera a sala esvaziar e vai à cantina. Enche a boca de pão de batata, que desmancha com goles violentos de guaraná, e segue calmamente até a quadra, onde assiste aos jogos do outro lado da grade, se compadecendo dos pernas de pau, identificando neles os traços de nervosismo que um dia também foram seus. Consegue sentir quase fisicamente a aflição deles. O batimento acelerado. O rosto fervente. A vergonha, a vergonha, a vontade de desaparecer. É bom estar longe das coisas. Não é um pensamento exatamente heroico, mas o que é que se pode fazer?

Medo de trovão. Medo de palhaço. Medo do ronco da geladeira. Medo de mariposa, de cobra, de igreja, de barba muito comprida. Medo do homem deformado dos *Goonies*. Medo dos recados silenciosos na secretária eletrônica. De todas as coisas que já aterrorizaram Rodrigo, nenhuma se parece com a que tem ganhado espaço dentro dele, à noite, bem na hora de dormir: uma sensação abstrata de pavor, como se em algum lugar a seu redor existisse uma força silenciosa e destruidora, capaz de engolir tudo, uma ameaça tão irresistível que basta pensar nela para que tudo comece a ruir. Felizmente, o terror veio com um antídoto. Rodrigo só precisa esconder o corpo sob o lençol, dos pés à cabeça, cobrindo o rosto feito um capuz — e pronto. Não tem explicação, ele apenas se sente seguro desse jeito, como se a pele que o envolve não fosse suficiente para protegê-lo das coisas, como se fosse preciso algo mais: uma capa, um casco, uma armadura.

*

Mas o lençol não o protege de tudo. Poc, poc, poc, faz a parede do quarto de Rodrigo quando a mãe está recebendo a visita do namorado, junto de ganidos abafados, como um cachorro sem ar. Deitado, imóvel, encolhido sob o lençol,

Rodrigo tenta conter aquele barulho, acessar o núcleo do silêncio que ele controla tão bem. Não funciona: por algum motivo os ruídos o invadem, e algo nele começa a coçar, uma vontade de sair e invadir o quarto vizinho, mesmo que ele saiba que não deve, mesmo que não tenha a menor ideia do que faria depois de abrir a porta. Às vezes é possível se distrair por alguns instantes, se deixar levar por uma ideia ou exercício mental, mas sempre aparece um ruído novo, algo que o tira do prumo, e não há nada a fazer senão esperar que aquilo chegue ao fim, as batidas ritmadas ganhando empuxo e volume, poc, poc, poc, a aceleração impossível, o dique prestes a se romper, o grito agônico que sempre o arrepia por dentro. Vem um breve silêncio, logo interrompido por cochichos, algumas gargalhadas. Passos. Barulho de banheiro. Uma descarga soando ao fundo. É quando a porta de seu quarto é aberta, e a luz do corredor inunda seu rosto, e Rodrigo simula o sono mais profundo enquanto adivinha o contorno da mãe sob o batente da porta, seu olhar caloroso, o sorriso leve e feliz. Então Rodrigo dorme.

*

O atual namorado da mãe se chama Celso e usa um colar indígena de gosto duvidoso. Mas é simpático, não faz piadas demais, um dia presenteou Rodrigo com um chocolate importado que tinha pedaços inteiros de avelã. Não dá nem para comparar com o Ênio, que na primeira vez que visitou a casa se esparramou no sofá e obrigou a família a assistir a um filme horroroso enquanto gargalhava virando latinhas de cerveja — e depois foi ao banheiro, fez o xixi mais barulhento da história e antes de dar a descarga resolveu chamar Rodrigo para um sermão sobre os malefícios do papel higiênico jogado na privada. Semanas mais tarde, caminhando pelo Parque da Água Branca, a mãe contou a Rodrigo que tinha desmanchado com o Ênio. Rodrigo imaginou o sujeito se despedaçando lentamente até virar um montinho de carne e ossos. Não por acaso, ele nunca mais apareceu.

*

Na casa do pai a TV fica desligada na hora do jantar, o que dá às conversas à mesa uma certa solenidade. Quem diria, sua mãe e o Celso, diz ele com a boca cheia. Sabia que a gente morou junto no Chile? Rodrigo silencia. Não lembra se sabia, é possível que sim, o pai felizmente não conta muitas histórias sobre o passado, sobre a estranha vida que levou antes que Rodrigo nascesse. Estranha porque envolveu longos bigodes, mudanças abruptas de países, palavras excêntricas como "subversivo" e "à revelia". Estranha porque Rodrigo ainda não existia. E, sobretudo, estranha porque seu pai e sua mãe ainda viviam juntos.

*

Tudo, nos pais, é diferente: gostos, hábitos, humores, manias. Eles raramente ocupam o mesmo espaço, um pouco como naquele filme em que o homem vira lobo quando amanhece e a mulher um falcão quando o sol se põe — a diferença é que, nesse caso, os dois parecem plenamente satisfeitos com o arranjo. Eles não fazem sentido juntos, e no entanto ali está Rodrigo, o produto improvável daquela união, a resposta duvidosa, a incógnita não resolvida. As pessoas dizem que ele se parece com os pais, que tem os olhos de um, o queixo do outro, mas Rodrigo não enxerga nada disso: debaixo das sobrancelhas, o que vê é uma cara amorfa, um amontoado de peças que não se encaixam, que não deveriam se encaixar.

*

Há coisas que ele não herdou, coisas que ele sabe que só pertencem aos pais. As marcas no braço da mãe, por exemplo. Nove bolinhas espalhadas aleatoriamente do pulso até a metade do antebraço, pequenos círculos escurecidos e enrugados que mais parecem as pegadas de um hipopótamo em miniatura. Quando era pequeno Rodrigo gostava de desenhar bolinhas parecidas em si mesmo, tentava imitar a disposição exata das marcas ao longo do braço. Mas um dia a mãe arrancou bruscamente a canetinha da sua mão e pediu com a voz trêmula e lágrimas nos olhos que ele nunca mais fizesse aquilo. O gesto não fez sentido na época, mas agora, depois da revolta com as sobrancelhas, Rodrigo entende um pouco melhor. Não é porque as coisas são nossas que a gente vai ser feliz com elas.

*

Domingo à noitinha, exausto depois de um fim de semana de gibi novo, cinema ruim, almoço no bar, Rodrigo se refestela no banco de trás do Fusca do pai. Divide-se entre contar os postes da rua, cuja luz amarelada entra no carro em intervalos regulares pelo vidro lateral, e sondar, com a ponta do dedo, a casquinha que se formou no joelho depois de uma queda durante o recreio. Os machucados duram semanas em seu corpo, ele tem esse hábito de tirar a casca até formar um buraco ensanguentado, que, em alguns casos, fica tão perfeitamente parecido com uma boquinha carnuda que parece prestes a falar com ele. O pai estaciona diante do prédio da mãe. Dá um beijo no rosto de Rodrigo, que pula apressado do carro e segue a caminho de casa, cruzando aquele oceano pela milionésima vez, preparando-se para pousar num novo planeta, uma outra forma de vida, incapaz de se misturar ao mundo de onde acabou de sair. Pelo menos até chegar a Porto Alegre.

Rodrigo já devia ter se acostumado com a rotina. As malas. O caminho pela marginal. A fila do check-in. A sacolinha plástica da Varig, com um bolso transparente para guardar documentos onde se lê "menor desacompanhado" em português e em inglês. Ele se despede da mãe e atravessa os corredores ao lado de uma aeromoça. Até algum tempo atrás, a caminhada rumo ao portão de embarque o enchia de prazer: o olhar das pessoas, os sorrisos, a sacolinha dependurada em seu pescoço como um comprovante de maturidade. Mas ultimamente Rodrigo tem sentido vergonha, o rosto ficando vermelho enquanto a aeromoça tenta puxar assunto, o time que ele torce, os parentes que ele tem no Sul, a beleza de seu M2000. Não há férias sem Porto Alegre, e não há Porto Alegre sem esse desfile desagradável, como se a cada ano o avião ficasse mais longe, como se fosse ficando cada vez mais difícil sair do lugar.

*

Vai ao banheiro mesmo sem vontade de fazer xixi. Tranca a porta, mentaliza a luzinha de OCUPADO acendendo no corredor. Senta no vaso sentindo a vibração das turbinas, o estalar das juntas que formam o pequeno cubículo de plástico e metal. É o único lugar do avião que não cheira a cigarro. Rodrigo levanta e aciona a descarga. O barulho sempre o assusta: é como se ele tivesse apertado um botão errado e agora fosse acabar sugado, junto de tudo o que o cerca, rumo ao desconhecido. Vai à pia, liga a torneira, brinca um pouco com a água quente e fria. Olha-se no espelho e descobre com horror o esparadrapo colado acima do olho direito.

Tinha se esquecido da sobrancelha. Tinha se esquecido de que encontrará o avô, e que ele perguntará o que aconteceu, e que será difícil mentir sem se entregar — e vai saber como o grão-mestre dos pelos faciais, cujos olhos descansam sob penugens caóticas que mais parecem minúsculas antenas de transmissão, reagirá diante dessa inadmissível ofensa à história anatômica familiar. Rodrigo decide tirar o esparadrapo, devagarzinho, na esperança de que tenha acontecido um milagre. E não é que aconteceu? A sobrancelha está ali, em toda a sua abundância, e é com um misto de alívio e amargura que Rodrigo se conforma com a ideia de voltar a conviver com ela.

*

O avô não é muito de falar. Sentado em sua poltrona à beira da janela, ele passa as manhãs cortando as unhas da mão com uma tesourinha. Às vezes solta uns resmungos, principalmente quando a televisão está ligada. Quase tudo o que passa nela o irrita, dos shortinhos da Xuxa às corridas matinais do presidente, especialmente quando ele sai com aquelas mensagens motivacionais na camiseta. Quando a indignação é muita o avô larga a tesoura, agarra o braço da poltrona e, com o rosto vermelho, acaba deixando escapar uns palavrões que invariavelmente se transformam num acesso de tosse. A avó entra na sala preocupada, o que foi?, o que foi?, mas isso só o irrita mais, e ele a afasta com um gesto brusco e leva um lenço à boca até terminar de expectorar.

As conversas de Rodrigo com o avô são sempre a conta-gotas, como se houvesse um limite de palavras que cada um pode pronunciar. Abrir a boca mesmo, com gosto, o avô só faz para três coisas: explicar o funcionamento de um mecanismo (um relógio, uma torneira, um avião de brinquedo), oferecer dicas de economia doméstica (o segredo é pegar bastante palmito, diz sempre que entram num restaurante por quilo) ou discorrer sobre o grau de chatice de alguém (é claro que ele é chato, diz à avó, que tenta defender a honra de um primo distante: fala que nem chato, anda que nem chato, sorri que nem chato, é o quê? É chato! É chatíssimo!).

*

Tem também o Winnetou. Não é sempre, o avô precisa estar de bom humor, mas às vezes acontece de ele resolver, sem aviso prévio, contar alguma história envolvendo o apache norte-americano, cujos livros embolorados estão num canto da estante da sala. Talvez porque Rodrigo tenha herdado um pouco dos traços indígenas da mãe, a pele acobreada, os olhos de amêndoa, o avô de vez em quando o chama assim, ei, Winnetou, vem me ajudar a consertar esse abajur. E enquanto eles fazem o trabalho, enquanto o avô manipula com habilidade a chave de fenda, os parafusos, as pequenas arruelas guardadas numa caixinha azul, depois de uma explicação sobre o funcionamento da lâmpada, o filamento dentro da pequena cúpula de vidro que é aquecido pela eletricidade até começar a brilhar, Rodrigo escuta a história de quando o apache *mescalero* domou um urso-cinzento usando a força de suas mãos.

*

Vai com o avô até a pracinha da esquina. É sempre a primeira coisa que faz quando chega a Porto Alegre. Logo na entrada há um declive gramado, onde uma pedra e um poste costumam virar traves de futebol. No meio da praça, a escultura de uma pantera comendo uma galinha, cercada por um laguinho sempre vazio — e, ao fundo, o enorme tanque de areia com um trepa-trepa em formato de avião. Encarapitado lá em cima, Rodrigo se lembra de quando era menor, da angústia que sentia no caminho até a praça, imaginando que o avião podia ter levantado voo na sua ausência. Acena para o avô, que espera no banco de concreto. O avô acena de volta. Desse ângulo, as sobrancelhas parecem duas mariposas pousadas sobre sua testa.

Os avós discutem com ainda mais frequência que os pais, e de um jeito um pouco mais sistemático — o que provavelmente se explica pelas décadas de convívio e pelo fato de nunca terem resolvido se separar. Em geral a coisa começa depois do almoço, com a avó pedindo que ele faça algumas compras no mercado. O avô diz que vai, mas demora mais tempo para sair do que a avó gostaria, e a avó se irrita, e o avô se irrita com a irritação da avó, e quando ele finalmente abre a porta os dois já estão trocando ofensas à distância. Seguem-se algumas horas de paz, até que no fim do dia, quando a avó começa a se impacientar com a demora, o avô reaparece subindo a escada com lentidão, e a avó pergunta se ele andou bebendo, e o avô nega com a voz meio alterada, e a avó grita TU VAI MORRER TU É DIABÉTICO e daí em diante a coisa degringola até que a avó se fecha no quarto chorando. Meia hora depois, novamente sentado em sua poltrona, com uma voz calma e contida, o avô pede que Rodrigo vá ver se ela precisa de alguma coisa. Rodrigo sobe, meio de má vontade, bate na porta, ninguém responde. Entra e flagra a avó no canto do quarto, sem camisa, dobrada sobre si mesma, numa posição meio incompreensível, e é só quando ela se vira que ele percebe que estava trocando a bolsa de colostomia. O susto dela. O olhar furioso em sua direção. A fuga atabalhoada de Rodrigo, a vergonha queimando a pele, o arrepio na espinha quando, alguns minutos depois, ouve os passos descendo as escadas — mas então a avó o chama até a cozinha e, linda e maquiada como se estivesse indo a um baile, tira do alto da geladeira uma torta de limão com borda de biscoito cuja combinação de doçura e crocância tem a capacidade de resolver qualquer coisa, de devolver tudo ao lugar certo.

*

São longas as tardes de dezembro, especialmente antes do dia 24, quando os presentes ainda não foram abertos e as possibilidades de diversão são mais raras. Há passeios com o Marcão, um primo da mãe que uma vez levou Rodrigo para um Gre-Nal e na saída do estádio tomou um saco de xixi na cabeça. Há idas ocasionais à Redenção, à piscina da AABB, num dia de sorte uma sessão de Double Dragon num fliperama do Centro. Mas também há longos períodos de tédio, tardes infinitas em que o ar-condicionado da sala é sua única companhia, em que não resta muita coisa a fazer senão ligar a televisão e esperar algo decente passar. Sentado no carpete, Rodrigo separa os CDs de música clássica dos avós de acordo com o código de gravação: AAD, ADD, DDD. O avô explicou que os DDD são os melhores, o som mais puro e perfeito, e agora Rodrigo abre algumas caixinhas e tenta descobrir se a diferença entre os códigos também é visual. Depois de alguns minutos de investigação chega à conclusão de que sim, que os DDD são especiais, que seu brilho tem algo de único e difícil de descrever, e é com um fascínio meio reverente que ele observa o próprio reflexo na superfície prateada, os raios coloridos que convergem para o centro como emanações de outra dimensão.

*

Os filmes na televisão são sempre os mesmos. A alguns deles não dá mais para assistir, perderam a graça feito um chiclete mastigado. Outros, por algum motivo, continuam atraindo sua atenção. É o caso desse em que Dennis Quaid é um combatente intergaláctico que, depois de derrubar uma nave inimiga durante uma batalha, sofre uma pane e acaba caindo num planeta deserto. Só que o rival que ele derrubou, um alienígena com cara de réptil, também está lá, e depois de passarem um tempo tentando matar um ao outro os dois descobrem que precisam se unir para sobreviver naquela terra hostil. Coisas que impressionam Rodrigo no filme: a velocidade com que o alienígena aprende português; o livrinho de metal cheio de símbolos incompreensíveis que ele carrega no pescoço; a notícia inesperada de sua gravidez, o parto trágico, o bebê nos braços de Dennis Quaid, o olhar emocionado de Dennis Quaid para aquele monstrinho gosmento.

*

Rodrigo dorme no quarto que foi de seu pai. A cama é a mesma, as fotos na parede também. Numa delas um menino carrancudo de cinco anos olha para a câmera ao volante de um carrinho de pedal. Em outra um bebê tenta sorrir, asfixiado por uma camisa de botões. Dias depois, quando o homem barbado em quem aquele bebê se transformou chega para o feriado de Natal, a alegria do reencontro se mistura a outro tipo de satisfação. Nada é mais legal que estar ali com ele, um pai que também é um filho, que foi quem colou as figurinhas amareladas da Copa de 66 na porta do armário e entalhou as iniciais no topo do corrimão da escada, que agora se impacienta com a surdez da mãe ou com a teimosia do pai — e que dorme ao lado de Rodrigo, encolhido num colchão no chão, como se fosse um irmão mais velho.

A avó é judia, mas adora o Natal. Passa os dias antes da festa correndo de um lado para o outro, preparando cada detalhe, o pinheiro gigantesco, os enfeites, a comida. Na manhã do dia 24, o presépio de cerâmica é colocado ao pé da árvore, que descansa sobre uma mesinha de madeira. Rodrigo observa os bonecos. Sempre achou a cena esquisita, o bebê de braços abertos pedindo por carinho enquanto três homens tristes o observam sem se mover. Na borda da mesinha, presas com tachinhas, há três meias de feltro com os nomes de Rodrigo, do pai e do avô. A véspera de Natal é celebrada com um banquete que daria para quinze ou vinte pessoas, mas que normalmente serve apenas quatro, às vezes com a adição de uma tia-avó ou um primo em segundo grau. E, eventualmente, da mãe de Rodrigo.

*

Não é sempre que o trabalho deixa a mãe vir ao Sul. Quando ela consegue, chega na tarde do dia 24, dorme numa prima e sai na manhã seguinte de ônibus para o interior, onde passa um par de dias com a mãe e os tios. Chega para a ceia por volta das oito da noite, aceita um vinho, mordisca umas frutas secas, é afável e divertida e troca impressões sobre o calor com os antigos sogros e, com o pai, uma ou outra memória inofensiva de juventude. Soube que a Ledinha morreu?, ele pergunta, ao que a mãe responde que sim, que coisa terrível, desde a faculdade eu não via, naquela época ela ainda namorava o Teixeira, acredita? Risos, lembranças, o Gumex que o Teixeira passava no cabelo, a risada exagerada da Ledinha que era um perigo nas reuniões clandestinas, e Rodrigo acompanha a interação com um misto de curiosidade e desconfiança, como se aqueles não fossem exatamente seus pais, mas imitadores meio canastrões. Do ponto de vista da relação dos dois, Porto Alegre é uma espécie de zona desmilitarizada, um lugar em que as agressões do dia a dia são momentaneamente suspensas em nome do bom funcionamento das tradições familiares. Já são nove, o avô começou a bocejar, uma panela de pressão apita na cozinha, a tia Regina ligou avisando que vem mais tarde e é nesse momento que a avó aparece na sala, tensa. Acho que acabou o leite, diz ela, e antes que o pai ou o avô possam dizer qualquer coisa a mãe se põe de pé, deixa comigo, imagina, não é trabalho nenhum, ainda tá lá aquele mercadinho na Vinte e Quatro de Outubro?

*

O mercado está prestes a fechar. Clientes correm entre as gôndolas, funcionários de gorro de Papai Noel batem papo enquanto encerram os caixas. A mãe caminha com Rodrigo até as geladeiras. Tem os cabelos soltos, usa chinelos por baixo da longa bata lilás. Faz um comentário bem-humorado sobre o jeito que a avó tem de mostrar intimidade arrumando tarefas para os outros. Voltar ao Sul mexe com seu sotaque, devolve a ele a ênfase exagerada dos gaúchos, como se todas as frases viessem com algum grau de surpresa ou indignação. Pegam o leite e seguem rumo aos caixas por um longo corredor. Estão na metade do caminho quando a mãe estaca.

Rodrigo demora um pouco para perceber, dá alguns passos sozinho até ouvir o estalo atrás de si. Vira e flagra a mãe imóvel, a barra da saia encharcada de leite, a garrafa quebrada rolando para baixo de uma gôndola. Ela tem a boca entreaberta, os braços jogados ao longo do corpo, o olhar fixo para o fundo do corredor, onde um funcionário etiqueta produtos e um velhinho de boina escolhe sabão em pó. Rodrigo se aproxima da mãe, pega sua mão molenga. Ela demora alguns segundos para voltar a si. Encara o filho como se fosse uma surpresa encontrá-lo, então arregala os olhos, aperta sua mão com toda a força e o puxa na direção da saída. Mãe, ele diz, o leite, a gente não tá levando o leite, mas ela segue apressada porta afora, batendo o pé, o olhar fixo e perdido ao mesmo tempo, a mão de Rodrigo espremida dentro da sua até chegarem em casa, onde ela o larga e, sem que ninguém tenha tempo de perguntar o que houve, sai correndo escada acima e desaparece dentro do banheiro.

*

Isso não acontece toda hora: o pai e a mãe dentro de um quarto, sozinhos, sem ninguém para quebrar o gelo ou servir de testemunha. A avó bufa na cozinha, o avô abre a porta para a tia Regina, Rodrigo devora um pote de nozes na sala e parece apenas questão de tempo até que a gritaria lá em cima tenha início — mas para sua surpresa o que vem do quarto do pai é apenas silêncio. Ele fecha os olhos, tenta apurar os ouvidos. Não é tão simples: uma coisa é saber abafar vozes dentro de si, outra é conseguir aumentar o volume do lado de fora. Os passos lentos da tia Regina começam a ribombar escada acima, ela vem falando com o avô naquele falsete empolgado e Rodrigo antevê o beijo cheio de batom e as perguntas repetidas e percebe que vai ficar preso ali para sempre. Levanta num salto e sobe silenciosamente a escada rumo ao segundo andar. Há uma porta separando o quarto dos avós do quarto do pai, uma porta que quando Rodrigo está de visita fica sempre entreaberta, e é através dessa fresta que ele vê, no meio do cômodo, o pai e a mãe. De pé. Abraçados.

No começo é até difícil de entender. A primeira impressão é que estão no meio de uma luta, um tentando derrubar o outro no chão, um pouco como naquela vez em que o Julio e o Nestor se engalfinharam no fim do recreio. Mas eles não se mexem, a cabeça da mãe está recostada no peito do pai, e embora seu rosto esteja virado para o outro lado não é difícil adivinhar que está chorando. O pai pede calma. Pergunta se ela viu direito, se ela tem certeza. A mãe recua e o encara, subitamente enfurecida, sim, o que você acha, e enquanto diz isso ela dá tapas no próprio antebraço, eu tenho certeza, é claro que eu tenho certeza. Ela volta a chorar, e o pai a abraça de novo, e Rodrigo nota pela primeira vez a diferença de altura dos dois: tem tão pouco costume de vê-los juntos que nunca percebeu que ela é dois palmos mais baixa do que ele. O pai pergunta o que a mãe vai querer fazer. Nada, ela responde aos soluços, nada, nada, nada, e começa a chorar ainda mais forte, e o pai pega a cabeça dela com as duas mãos e tira um pouco do cabelo colado em sua testa e a encara profundamente e diz que já passou, que ele está ali para o que for preciso, que vai ficar tudo bem. A mãe para de chorar por um momento, solta um suspiro exausto, limpa o nariz com as costas da mão. Olha o pai nos olhos. Os dois ficam assim por um tempo que parece interminável, um segundo, dois, três, dez. E se beijam.

# 2

Ele anda apressado pelo calçadão de uma grande metrópole. Tem gente no caminho, muita gente, pedestres circulando de um lado para o outro, é preciso se espremer entre a multidão para conseguir avançar. As pessoas olham espantadas quando ele passa, cochicham, dão risadinhas, e ele começa a se sentir sem graça com toda aquela atenção, e num gesto encabulado tenta enfiar as mãos nos bolsos da calça. Mas os bolsos não estão lá. Ele se olha numa vitrine, vê a roupa elástica colada no corpo, a máscara vermelha com dois enormes olhos de inseto, e cai na real. Ele é o Homem-Aranha. Não é um fã, não é uma criança, não é um zé-ninguém usando uma fantasia: é ele, o Homem-Aranha é ele, é possível sentir isso na pele, nos sentidos aguçados, na súbita elasticidade de suas articulações, nas alterações cromossômicas que fazem correr em suas veias um líquido novo, mais veloz e mais espesso do que o sangue, e embora saiba que poderia sair saltitando sobre as marquises, que se dobrasse a mão para trás uma teia indestrutível brotaria de seu pulso e o alavancaria até o mais alto dos arranha-céus, ele segue caminhando entre a multidão, como uma pessoa normal, apressado, nervoso, inseguro.

Ele chega a uma esquina. É o entroncamento de uma série de vias expressas, incluindo um viaduto em curva por onde carros descem em alta velocidade. Estar ali lhe traz paz. Ele está perto de seu destino, só precisa esperar que o sinal de pedestres fique verde para finalmente chegar lá. Então uma coisa explode na sua frente, algo que ele não vê de imediato mas que faz um barulho meio líquido, como se uma enorme bola de gelatina tivesse acabado de cair sobre o asfalto. Algo vem rolando até seus pés. É um membro ensanguentado, o antebraço de alguém. Outros barulhos de explosão se sucedem, e ele olha em volta e vê que os carros que cruzavam a avenida a toda velocidade agora miram as pessoas, e quando são atingidos seus corpos arrebentam como bolhas recheadas de sangue e vísceras, e no momento em que percebe que aquilo não é um acidente, que é um ataque orquestrado e minuciosamente realizado, ele também se dá conta de que não é Homem-Aranha nenhum, que não há nada que ele possa fazer diante de todo aquele horror, e sufocado pelo pânico, o corpo inteiro vibrando feito um sino, hipnotizado pelo espetáculo que se desenrola à sua frente, ele espera imóvel pelo momento em que também será engolido por ele.

*

Rodrigo acorda sobressaltado. Esfrega a cara, olha ao redor. Estranha a luz. Estranha o quarto. Estranha os pés, as canelas ossudas, o velho pijama lilás. Pula da cama, corre até o armário, abre a porta num golpe seco. Os patins que ganhou dos avós estão ali, reluzentes, as rodinhas enfileiradas que parecem saídas de um filme futurista — e é só então que ele volta a si, aliviado e feliz.

A noite de Natal seguiu sem maiores solavancos. Rodrigo escorregou de volta à sala, os pais desceram instantes depois com cara de estátua. Ceia, presentes abertos, e em algum momento da sobremesa, cerca de meia hora depois que um táxi buzinou lá embaixo e a tia Regina foi embora, deixando uma nota de quinhentos no bolso de Rodrigo, a mãe olhou no relógio, levantou, beijou a avó e o avô, deu um tchau seco para o pai — e, depois de um abraço forte e longo que quase deslocou sua clavícula, desapareceu porta afora.

E pronto. Acabou. Desabar na cama, ter um sonho estranho, descer para o café, experimentar a delícia de revisitar os presentes à luz do dia. O brilho das coisas novas. O cheiro das coisas novas. A ansiedade de pegar os patins e ir logo ao Parcão com o avô. Rodrigo passa o caminho se imaginando sobre rodas, deslizando gloriosamente, descobrindo em si uma habilidade adormecida, um talento nato, como um peixe de volta à água. Imagina a cara de surpresa do avô, dos passantes, o parque inteiro parando para admirar aquele fenômeno, que fluidez, que velocidade, que leveza, que perfeição.

Não demora para Rodrigo descobrir que as coisas não são tão simples. Ele se equilibra com dificuldade sobre os patins, precisa de apoio para manter-se em pé. A certa altura aparecem no rinque duas irmãzinhas gêmeas, de uns cinco ou seis anos, que rodopiam de um lado para o outro com a desenvoltura de profissionais. Rodrigo ganha coragem e tenta imitá-las, mas acaba se estabacando no chão, ralando o joelho direito, fazendo um arranhão mais ou menos profundo na palma da mão esquerda. Chora, mais de raiva e frustração que de dor. Os patins voltam a São Paulo dentro da caixa, de onde é possível que nunca mais sairão.

Chega em casa com a ilusão de que vai ser possível deixar tudo para lá. As coisas não mudaram, afinal: a rua, o quarto, os latidos do cachorro da vizinha, a cama e os travesseiros e as estrelinhas coladas no teto, tudo continua idêntico ao que era antes. OK, a escola não é exatamente a mesma, Rodrigo entrou na quarta série e a maioria dos seus amigos ficou na outra turma, e agora é preciso subir um lance de escadas para chegar à sala e, uma vez lá dentro, fazer um esforço de concentração para encontrar um lugar que não seja nem na primeira fila, nem no fundão, nem dentro de algum grupo já formado, nem tão sozinho que comece a pegar mal. A escola está diferente, tudo bem, mas é um diferente igual — e Rodrigo se convence de que o que quer que tenha acontecido nas férias não significa muita coisa, que tudo não passou de um soluço, um desvio sem importância.

*

Na primeira sexta-feira depois do início das aulas o pai o pega na escola e leva ao McDonald's. Rodrigo está devorando um sundae de caramelo, a garganta latejando a cada colherada, quando o pai pergunta como está sua mãe. É uma pergunta banal, que ele já fez milhões de vezes, e que Rodrigo sempre respondeu com um movimento automático dos ombros e das sobrancelhas, sei lá, tá bem, normal. Mas desta vez o pai não se dá por satisfeito. Olha no fundo de seus olhos, tenta construir uma expressão grave. Você precisa ter paciência com a sua mãe, ele diz. Posso contar com você?

Rodrigo caça com a língua um pedacinho de castanha preso no molar. Nada do que os pais dizem um sobre o outro faz muito sentido, e ele aprendeu desde cedo a ignorar a lenga-lenga. Mas agora, quando o pai faz essa voz mole de preocupação, quando o encara com esses olhinhos aflitos de quem no fundo gostaria de não estar tendo essa conversa, Rodrigo só consegue sentir vontade de desaparecer. Na palma de sua mão, a pequena ferida aberta na queda de patins já se transformou numa casquinha arroxeada. Ele a arranca. A boquinha vermelha parece sorrir para ele. Rodrigo imagina a boca se abrindo. Imagina a boca se dirigindo ao pai, assumindo o papel de advogada, como nos filmes da televisão. O meu cliente não se sente à vontade para continuar. O meu cliente não gosta do rumo que essa conversa está tomando. O meu cliente gostaria de exercer seu direito de ficar calado.

*

O que o pai quer que ele diga, no fim das contas? Que nos últimos dias a mãe anda inquieta, que quando acorda no meio da madrugada Rodrigo não a encontra mais fazendo palavras cruzadas, mas limpando as malas com álcool e desinfetante? Que tem momentos em que ela fica distante e calada, e aí parece que foi atingida por um raio, e grita, e ri, e fica amorosa e feliz? Alguns dias atrás, passando pelo corredor, Rodrigo flagrou a mãe no quarto, ofegante e suada, o olhar desconfiado para a cama que tinha acabado de arrumar à perfeição, como se o colchão pudesse se rebelar e sair correndo. Mãe, ele balbuciou da porta, e ela se virou num pulo e o encarou, e ele ficou paralisado pelo que pareceu uma eternidade, e quando o silêncio estava quase arrebentando os vidros da janela ele improvisou uma pergunta qualquer sobre a periodicidade dos anos bissextos — e desapareceu dali.

*

*Claro que eu tenho certeza.* Foi o que ela disse ao pai, entre lágrimas e soluços e cabelos colados na bochecha, e as palavras saíram da sua boca de um jeito tão aflito que até hoje parecem seguir ressoando, eu tenho certeza, eu tenho certeza, eu-te-nho-cer-te-za. Do quê? O que foi que ela viu, afinal, além de um velho comprando sabão em pó? Ao contrário do pai, a mãe nunca foi muito discreta, nunca poupou Rodrigo de nada. Não foram poucos os dias em que ela chegou da rua de madrugada e escancarou a porta do quarto e veio trôpega sentar na beira da sua cama, alisando seus cabelos, perguntando se ele estava dormindo, e antes que Rodrigo pudesse fingir que sim ela desembestava a falar, e falar, e falar, o bar onde ela foi, o cara que ela conheceu, um sujeito charmoso e meio esquisito e tão diferente do seu pai, e como a vida era uma coisa louca porque quem diria que uma união desgraçada como aquela pudesse ter gerado uma criatura tão linda, e quando ela começava a beijá-lo na testa Rodrigo sentia o bafo áspero de vinho saindo de sua boca e precisava conjurar todos os poderes do universo para não absorver mais palavras do que gostaria, perguntando-se por que diabos não podia ter uma mãe um pouco mais normal, um pouco mais contida, um pouco menos transparente. Pois bem: agora aquela mãe não só esconde algo de Rodrigo como dividiu isso com o cúmplice mais improvável do planeta — e coroou a parceria com um beijo digno de novela. Não eram segredos o que ele queria?

O que Rodrigo sabe sobre o relacionamento dos pais? Que se conheceram em Porto Alegre, que foram perseguidos pelo governo, que a mãe passou uns meses na cadeia, que se reencontraram no Chile, de onde logo também tiveram que fugir, que passaram por mais três ou quatro países até pararem na Itália, onde arrumaram trabalhos tipo porteiro e vendedora de lingerie — e aí Rodrigo nasceu e todos voltaram para o Brasil. A história era essa, nunca importaram os detalhes, nada jamais pareceu fazer muito sentido: era um filme ruim, sem pé nem cabeça, o abismo que separava a vidinha pacata de Rodrigo daquela montanha-russa era a tal ponto intransponível que até pensar sobre aqueles eventos era difícil, as datas se confundiam, os lugares se misturavam, como se seu cérebro, sempre tão afeito à lógica e à organização, se recusasse a guardar informações demais sobre o assunto — como se, enfim, admitir a existência daquele outro mundo pudesse pôr em risco o seu. Rodrigo ainda engatinhava quando os pais se separaram, e de certa forma sua vida começou ali, seu nascimento aconteceu no exato instante em que os dois decidiram viver longe um do outro. A mãe guarda umas fotos de Milão, um quarto de maternidade, um passeio de carrinho pelo parque, um bebê confuso nas mãos de amigos despenteados, mas ainda assim é como se Rodrigo não tivesse estado lá, como se o bebê das fotografias não fosse ele.

*

O pai desiste da conversa. Voltam ao carro em silêncio, Rodrigo lambendo o resto de caramelo que ficou grudado na parede do copo. Em outras circunstâncias seria uma vitória: silenciar o assunto. Deixar adormecer. É o que o trouxe até aqui, é um dos seus segredos de sobrevivência. Desta vez, porém, ele sente culpa. E a culpa abastece sua raiva. E a raiva é um sinal perigoso, uma presença familiar mas incômoda dentro de seu corpo, como a visita de um primo folgado. Se alguma força superior o observa neste momento, se alguém ou algo avalia se ele está à altura dos desafios reservados aos escolhidos, aos seres dotados de poderes e habilidades especiais, provavelmente chegou à conclusão de que Rodrigo não é um deles, que é um fraco, um incapaz.

*

Algumas coisas o distraem, parecem devolver sua tranquilidade perdida. O paredão da casa do pai, por exemplo. Rodrigo apoia o pé sobre a bola. Olha para o muro cinzento, quatro metros de altura por dois de largura, ladeado por uma mureta baixa à direita e um canteiro de coroas-de-cristo à esquerda. Chuta a bola, primeiro de leve, depois aumentando a potência, até chegar ao ritmo de sempre. Pof. Quarenta e três. Pof. Sessenta e um. Pof. Oitenta e oito. A bola obedece aos seus comandos, o estalo na parede o conforta como a voz de um velho amigo, está tudo bem, está tudo sob controle, mas então um dos chutes sai meio torto, Rodrigo tem que correr para evitar que a bola acerte a mureta lateral, e embora consiga corrigir a rota a tempo uma palpitação estranha começa a tomar conta dele, um sentimento de fatalidade, como se o que estivesse em jogo fosse algo maior, e ainda que saiba que isso não faz o menor sentido, que poderia perfeitamente parar agora, que inclusive isso seria o melhor a fazer, Rodrigo segue adiante, pof, cento e onze, pof, cento e trinta e dois, e quando a coisa se aproxima, quando o pensamento enfim chega à superfície de sua consciência, já não é mais possível dar meia-volta: pronto, ali estão eles, os olhinhos brilhantes o encarando com ar indefeso, e agora errar significa perder um dos pais, e Rodrigo diz a si mesmo que só vai conseguir se libertar quando acertar duzentos chutes seguidos, e então se convence de que o número mais seguro é quinhentos, mas mesmo isso pode não ser suficiente, talvez um dos dois morra se ele parar num número par, o outro num ímpar, e nesse caso a única solução será ficar chutando aquela bola para sempre, pof, trezentos e oitenta e cinco, pof, quatrocentos e dezessete, sua vida inteira equilibrada num fio prestes a se romper, e é com cada vez mais agonia que Rodrigo pensa no quanto ama o pai e a mãe, um amor que dá sentido à sua existência e arranca dela toda lógica e razão, e pensa na maravilha que deve ser uma vida sem sentimentos, uma vida em que nada nunca acontece, em que tudo fica paradinho no lugar, imóvel, tranquilo, feliz.

A prova de matemática é na quinta, e Rodrigo aparece na casa do Lucas para ajudar com os estudos. Não é a primeira vez que fazem isso. O que geralmente acontece é Rodrigo passar cerca de uma hora explicando a matéria enquanto Lucas se distrai com o lápis, o vento, o tamanho das próprias unhas, e quando chega o fim do bimestre as notas dele estão tão parecidas — EDEDDDE, DDEDEED, DEDEEEE — que é como se o boletim tivesse sido acometido por um acesso de gagueira. Mas hoje é Rodrigo quem está sem paciência de revisar a matéria, e Lucas não precisa de muitos argumentos para que os dois deixem os cadernos de lado e voltem ao Super Nintendo.

Os pais do Lucas raramente estão em casa — a mãe volta tarde, o pai viaja a trabalho —, de modo que ele se comporta como se morasse sozinho, pegando a roupa no varal, lavando louça, esquentando a comida no micro-ondas. Quando Rodrigo o vê manejando a panela, onde prepara uma calda de chocolate para pipoca que reluz como uma poça de petróleo, a impressão que dá é que aquela é a única vida possível, que talvez o ranho ininterrupto e as notas ruins sejam na verdade sinais de uma inteligência superior, de um espírito evoluído demais para se deixar distrair com miudezas. Esse é meu tio que sumiu na Argentina, ele diz, apontando para uma das fotos coladas na geladeira, esse é o cachorro da minha vó, essa é minha mãe fazendo meditação, e é curioso ouvir Lucas falar tanto, logo ele, que na escola se mantém quieto e encolhido como uma planta sem água. Não é timidez, descobre Rodrigo, ou ao menos não a timidez que ele conhece: é mais uma espécie de empáfia, como se Lucas tivesse decidido que a escola não é o centro de sua vida, que não merece a atenção que os outros dedicam a ela. No que uma oração subordinada vai me ajudar, ele pergunta, enquanto espanca adversários no Final Fight, quando eu tiver perseguindo MiGs no oceano Índico?

*

A amizade dos dois se fortalece nas primeiras semanas de aula, a ponto de Rodrigo perder a vergonha de conviver socialmente com Lucas. Agora eles passam os recreios juntos, dividem o lanche, trocam bilhetes com desenhos e trocadilhos durante a aula, e não demora para que as consequências dessa proximidade comecem a ficar aparentes. E como é que chama o melhor amigo do Gosma? Gosminha, ué.

*

Não deixa de ser libertador virar um proscrito. Como Gosminha, Rodrigo não precisa mais se preocupar em sentar no lugar certo da sala, em se vestir desse ou daquele jeito, muito menos em impressionar a Ju. Uma coisa é sentir que suas habilidades o abandonaram — outra, bem diferente, é a própria ideia de ser alguém especial, destinado a coisas extraordinárias, parar de fazer sentido. Rodrigo é tomado por uma leveza nova, uma tranquilidade que não nasce de estacas firmemente fincadas no pensamento, mas, ao contrário, da ausência premeditada de controle, como um fliperama que não precisa de ficha ou um morro gramado e infinito onde é possível deslizar para sempre sobre um pedaço de papelão.

*

O D vermelho vem com um sublinhado incrédulo. O que aconteceu aqui?, perguntam os olhos de Zé Rubens ao entregar a prova. É mais ou menos o que perguntariam os olhos da mãe, se a força indignada de suas cordas vocais não esmigalhasse qualquer outra forma de expressão. Para ela, a nota D é o indício de um declínio irreversível, como se depois viessem automaticamente a reprovação, as drogas, a mendicância, a morte violenta. Viu a prova do seu filho?, ela pergunta ao pai por telefone. Rodrigo não consegue ouvir a resposta, mas o pai deve ter minimizado a coisa porque a mãe responde aos berros, é por isso que ele tá assim, porque você não dá a mínima, porque pra você só importa a porra da sua vida de intelectualzinho. Parado diante da geladeira aberta, uma lata de suco concentrado na mão, Rodrigo ouve a gritaria e é surpreendido por uma sensação reconfortante, como se uma música familiar tocasse no rádio depois de muito tempo. Faz meses que os dois não sobem o tom desse jeito, que a voz da mãe não ganha esse rasgo descontrolado. A lata está gelada, os dedos de Rodrigo começam a latejar, ele corre até a pia e despeja o caldo grudento e alaranjado em um copo americano. Mistura com água e bebe em talagadas, a gritaria da sala entrando em seus ouvidos na maior tranquilidade, sem cerimônia, feito gente de casa.

*

Ao D em matemática seguem-se notas vermelhas em ciências, inglês, história e, choque entre os choques, português. Durante algumas semanas um circo se arma ao seu redor, debates, colóquios, consultas com profissionais, todos com ar de preocupação, todos olhando fundo nos seus olhos, todos parecendo procurar uma coisa muito preciosa perdida lá dentro. Rodrigo não se comove. Ele sempre teve medo das notas vermelhas, nunca entendeu como Lucas não enlouquecia de pânico diante da perspectiva da reprovação, e no entanto agora ali está ele, satisfeito, indiferente, flutuando sobre os problemas como um avião sem piloto, e não parece haver muito a fazer senão esperar o combustível acabar e assistir ao desastre.

*

O semestre chega ao fim sem grandes novidades. O estrago está feito, o boletim vai ser uma tragédia, se quiser evitar problemas Rodrigo vai precisar de um desempenho quase perfeito depois das férias. Um dia, a caminho da escola, enquanto se distrai contando os postes da Cardeal Arcoverde, Rodrigo vê Lucas subir no ônibus e se aproximar com um sorriso estranho. Diz que tem uma coisa para mostrar. Eles vão até o banco do fundo, Lucas abre um pote de alumínio onde se vê um pozinho marrom. Sugere que Rodrigo ponha um pouco no dedo e cheire. Ele obedece. Sente um arrepio, uma coceira gostosa, uma vontade irresistível de espirrar. Os dois começam a cheirar e espirrar, cheirar e espirrar, e é viciante, a aflição da coceira encaixa perfeitamente com o alívio do espirro. Outros colegas veem os dois gargalhando, se aproximam com ar curioso, àquela altura do trajeto o 719P se transforma num ônibus escolar, são dez crianças para cada adulto. Perguntam o que é. Rapé, responde Lucas, que completa sem hesitar: custa duzentos e cinquenta.

A partir do dia seguinte as crianças começam a pagar pelo rapé. Lucas divide o dinheiro com Rodrigo, que o embolsa sem pensar muito. O recente colapso escolar resultou num corte da sua semanada, o que o obrigou a levar lanche de casa, um sanduíche nojento de pão de fôrma com requeijão que não raro se desmancha dentro do papel-alumínio. Pois agora ele pode voltar a devorar os pães de batata da cantina, a encher a cara de guaraná, e não demora para que aquelas comodidades despertem sua veia empreendedora. Na tentativa de dar uma contribuição para o negócio, Rodrigo sugere a Lucas a comercialização de um novo produto: cigarros artesanais, feitos com papel sulfite e grama seca recolhida do jardim do seu prédio. Para surpresa de ambos, o lançamento é um sucesso. As crianças fumam dentro do ônibus, empoleiradas na janela do fundo, intercalando acessos de tosse e expressões canastronas emprestadas dos comerciais de Marlboro. O dinheiro começa a abarrotar as carteiras dos dois, e já não parece muito distante o dia em que Rodrigo poderá comunicar aos pais que está indo embora, que vai morar sozinho num veleiro na Bahia ou fazer um ano sabático na Suíça, onde poderá conhecer a neve e comer chocolate até vomitar. São planos realistas, ele sente, é mesmo uma questão de tempo para que sua vida finalmente engrene, e Rodrigo acredita com tanta força no futuro que desenhou para si que, quando na semana seguinte um funcionário interrompe a aula de história e diz que ele e Lucas estão sendo esperados na coordenação, aquilo não parece real — nem o funcionário, nem o olhar surpreso dos colegas, nem os passos ecoando nos corredores vazios da escola, nem mesmo o sorriso afável da diretora, que os recebe com água e bolachas na sala acarpetada. Deve ser um engano, ele repete para si enquanto a mulher começa a falar, e é só quando ela menciona com ar incrédulo os boatos de que os dois estão vendendo "erva e pó" dentro do ônibus, só quando Lucas começa a gaguejar e tira do bolso a latinha de rapé, só quando a diretora olha para a latinha e solta uma gargalhada meio descontrolada, dizendo que em princípio não daria nenhuma punição aos dois, que sabe que eles não farão aquilo de novo, que por outro lado a escola tem suas regras e é preciso dar o exemplo e é por isso que eles receberão a suspensão mínima de três dias — é só aí que a ficha cai para Rodrigo, que ele percebe que nada vai acontecer, que mais uma vez tudo voltou para o ponto de partida.

É estranha a falta de reação dos pais. Algo está errado, ele sabe, eles não são bons em disfarçar. No sábado seguinte, ao fim de uma manhã chuvosa que Rodrigo passou fechado dentro do armário, matando a saudade de alguns velhos brinquedos, incluindo um Cobra de Aço de cabeça descascada que, acompanhado por dois Playmobils, protagonizou uma invasão bem-sucedida às ruínas de um Castelo de Grayskull, a campainha toca. Uma vez. Duas. A mãe grita do chuveiro, mas Rodrigo deixa que Celso, que passou a noite em casa, vá atender. Depois de um tempinho ouve-se o rangido da porta, o barulho que só ele sabe evitar, e então um grito, risos, um cheiro inesperado de frango assado. Quando chega à sala, Rodrigo encontra Celso conversando amistosamente com seu pai.

Parece um recorte malfeito, uma figurinha fora de lugar: o pai dentro da casa da mãe, cercado pelas coisas da mãe, conversando com o namorado da mãe. Ele carrega um frango de padaria num saco plástico. Está ali porque foi autorizado, é claro, não ultrapassaria a soleira da porta se um cessar-fogo não tivesse sido minuciosamente negociado, mas ainda assim Rodrigo hesita, recua, esconde-se na entrada do corredor, atrás de uma estante de metal. Celso pega a sacola com o frango e mostra o sofá para o pai, que senta, solta um suspiro, dá uma olhada lenta ao redor. Mais ajeitada que a quitinete de Santiago, comenta Celso. O pai solta uma risada exagerada. Pior que aquele nosso muquifo só o Estádio Nacional, responde ele, e agora são os dois que gargalham convulsivamente, Celso se apoiando na parede para não cair, o pai secando os olhos com as costas das mãos, e por um momento parece que o frango também gargalha dentro da sacola, e os móveis, e as plantas, a sala inteira compartilhando uma euforia que Rodrigo não consegue entender. Celso leva o frango para a cozinha e volta com dois copos de cerveja, e o papinho continua, amenidades sobre quem mora onde e como tal região da cidade ficou cara ou metida a besta. O barulho do secador de cabelo da mãe invade discretamente a sala, e Rodrigo pensa, enquanto observa os dois tagarelando, que no fundo é uma bênção que Celso esteja presente, com seu bigode mal aparado, seu colar de conchinhas comprado em Paraty, seu ar pacífico e bonachão: uma presença purificadora, um filtro, uma espécie de antídoto. Aos poucos, porém, vai ficando claro — pelos gestos um pouco ansiosos, pela chave do carro que balança em sua mão — que Celso não vai ficar para o almoço. Bom te ver, ele diz finalmente ao pai, quem sabe a gente não toma um café na volta, e é a primeira vez que a polidez do padrasto o irrita, e Rodrigo sente vontade de interromper sua caminhada em direção à porta e contar o que aconteceu em Porto Alegre, e não é possível que diante de tais revelações ele não desmonte um pouquinho, não se deixe dominar pela fúria, pelo descontrole, comportamentos que Rodrigo conhece melhor, com os quais se sente mais à vontade. No instante em que a porta se fecha uma mão pousa em seu ombro. É a mãe, banhada, perfumada, linda. Filhote, ela diz com doçura: não vai dar oi pro seu pai?

*

O pai destroça o frango de um lado da mesa, a mãe distribui guardanapos do outro. A cena faz Rodrigo se lembrar das refeições que já fez na casa de amigos com pais casados. Tem sempre algo de perturbador no comportamento daqueles adultos: a intimidade meio cínica, os apelidos infantis, o jeito áspero com que discordam sobre miudezas. Ter pais separados sempre pareceu a Rodrigo a combinação mais simples, mais higiênica. Papéis claros. Contornos definidos. Sair por uma porta, entrar por outra. Os próprios pais se mostravam felizes com essa distância, e nesse sentido o que se passa diante dele é ainda mais surreal, os dois fingindo que nada está acontecendo, feito criancinhas se escondendo sob os lençóis. Isso deveria tranquilizar Rodrigo, dar a ele uma sensação qualquer de superioridade. Mas é impossível: paralisado, ele ouve o coração pulando no peito, o refrigerante espumando nos copos, as juntas do frango estalando a cada golpe de faca.

*

Está virando o segundo copo de guaraná quando procura o olhar do pai, lembra que na casa dele é preciso ter chegado à metade do prato para repetir o refrigerante. Mas o pai almoça em silêncio, atento aos próprios talheres, e por um momento Rodrigo considera a possibilidade de que o plano dos dois seja mesmo absurdo, um almoço mudo, o pai despedindo-se depois da sobremesa, a vida continuando como se nada tivesse acontecido, e fim.

A mãe resolve acabar com o teatro. Filho, ela diz, depois de um suspiro profundo. Você sabe que a gente te ama muito. A voz fraqueja antes do fim da frase, ela dá uma pausa, um gole no refrigerante. Está abrindo a boca para recomeçar quando os olhos se enchem de lágrimas. Ela para de novo, solta um muxoxo frustrado. Parece irritada consigo mesma, com os músculos desobedientes de seu rosto — e é aí que cai no choro de vez, escondendo-se entre as mãos, murmurando desculpas. O pai crispa os lábios. Dá um par de tapinhas solidários nas costas dela. Não a abraça, não deixa que ela empape seu pescoço de lágrimas, não beija sua testa, sua boca, nada: dá os tapinhas, recolhe a mão, olha para Rodrigo com ar consternado, diz que eles precisam que ele aceite ajuda, que diga o que quer, o que está errado. Rodrigo nota a camisa do pai, uma camisa nova, que ele nunca usou antes, com uma estampa que parece de formas abstratas, mas que reparando bem é feita de pequenos prédios de apartamento, retângulos avermelhados sobre um fundo cinza, com quadradinhos fazendo as vezes de janelas. Alguns quadradinhos estão pintados de amarelo, sugerindo luzes acesas, e Rodrigo investiga os prédios para ver se todos têm os mesmos quadradinhos pintados, se existe um padrão. O pai insiste, eu tô falando com você, Rodrigo, pode por favor responder? Não, não tem padrão nenhum, ao menos não um padrão visível, é como se cada prédio tivesse sido pintado separadamente, teria sido bem mais fácil pintar um só e repetir a estampa, e nesse momento um soco violento sacode a mesa, os pratos pulam, um copo vira na toalha — e o pai se levanta num salto e sai bufando da sala rumo ao banheiro.

Era inevitável. Na estrutura familiar que os três ergueram ao longo da vida, as palavras sempre pertenceram aos pais. São eles que falam, que argumentam, que gritam, e a Rodrigo cabe remoer um silêncio espesso, que une aquele palavrório como uma espécie de argamassa. Ele é bom nisso, sempre foi um operário incansável da própria discrição, andando na ponta dos pés, não se permitindo fazer nada que pudesse afetar o mundo que construiu para si, um mundo controlado, conhecido, domesticado — e agora que essa mesma estrutura se revelou uma carcaça frágil ficou impossível fazer diferente.

Rodrigo olha para a mãe. Ela o encara de volta, já refeita, a expressão recuperando a doçura irônica de sempre, ou quase sempre. Estão sozinhos de novo, só os dois, na casa que é só deles, que não pertence a mais ninguém. Come, filho, diz a mãe, o olhar caloroso que parece o envolver e puxar para si, como se o coração dele ainda batesse dentro do corpo dela. Rodrigo até faz um esforço: corta um pedaço suculento da coxa, finca o garfo, vê a gordura amarelada escorrendo por baixo da pele. Mas algo acontece quando ele tenta engolir, é como se sua boca tivesse perdido toda a umidade, uma boca que é um deserto, que é uma caverna escura e morta dentro do seu rosto.

# 3

Consta que Winnetou, mais do que qualquer outro apache, tinha um talento extraordinário para interpretar os sinais da natureza. Não era só encostar o ouvido no chão e dizer quantos búfalos ou cavalos estavam a caminho. Era ler o vento. As nuvens. Os pássaros. Os rios. Winnetou tinha os sentidos tão aguçados que, se ficasse imóvel tempo suficiente, era capaz de perceber a rotação da Terra, a ponto de ficar nauseado. Essa sensibilidade fazia dele um dos principais provedores de seu povo, uma figura respeitada por todos, à exceção talvez de sua companheira, que por algum motivo implicava com tudo o que ele fazia.

Um dia Winnetou começou a escutar um zumbido, um barulhinho agudo que invadia seus ouvidos e o acompanhava sem parar. Era insuportável. De uma hora para outra, ele não conseguia mais dormir, ou caçar, ou interpretar os sinais que a natureza lhe dava. O cacique ofereceu a ele alguns chás e beberagens, sem sucesso. A velha companheira disse que ele estava inventando coisas, que aquilo era preguiça, que não era porque tinha talentos tão maravilhosos que podia erguer os pés para o ar e se comportar como um desocupado. Sem saber mais o que fazer, depois de apelar sem sucesso aos céus, à terra, ao amuleto ancestral que carregava no pescoço, presente de seu falecido pai, Intschu-tschuna, certa madrugada Winnetou montou no cavalo e saiu a galope sem avisar ninguém. Avançou pela pradaria, um dia, dois, sem parar para comer, para dormir, o cavalo exausto começando a cambalear, o sol fervente arrancando as últimas gotas de suor de seu corpo. A certa altura Winnetou perdeu os sentidos e desabou. O cavalo se afastou, ele ficou sozinho no meio do deserto. Estatelado no chão, Winnetou voltou a si por um momento e, incapaz de se mover, percebeu que sua hora estava chegando, que estava se despedindo deste mundo. Ele já tinha sonhado muitas vezes com a própria morte, mas nunca imaginou que acabaria assim, sozinho, no meio do nada, cercado por abutres famintos, e ao pensar nisso foi tomado por uma tristeza profunda, uma sensação de desamparo, de injustiça, e então fez algo que nunca tinha se permitido fazer na vida: chorou. Chorou convulsivamente, como uma criança, contrariando os ensinamentos do pai, de jamais dobrar-se às emoções, de manter-se sempre sereno como um lago, silencioso como uma montanha. As lágrimas lavaram seu rosto, desceram por sua bochecha empoeirada, chegaram até o queixo, caíram sobre seu peito. Quando a primeira gota atingiu o amuleto, o zumbido em seus ouvidos desapareceu.

*

— Mas ele não tava deitado?

— Quê?

— Ele tava deitado no chão. Como é que a lágrima escorreu pelo rosto, passou pelo queixo e caiu no amuleto?

— Ah... Não sei. Acho que era um terreno meio íngreme.

Rodrigo olha desconfiado para o avô. Sempre suspeitou que ele na verdade não tinha lido os livros de Winnetou — mais de uma vez teve a impressão de que ele estava inventando a história na hora, enquanto contava —, mas não vai ser agora que vai confrontá-lo, ainda mais num momento como esse, na primeira vez em muitos meses que um adulto não se dirige a ele com palavras de recriminação ou aconselhamento.

Não estava nos planos dos pais que Rodrigo voltasse a Porto Alegre nas férias de julho. A mãe queria levá-lo a Ouro Preto, ou, se o dinheiro não deixasse, à casa de uma amiga perto de São Sebastião. Mas a hecatombe escolar deve ter convencido os dois de que ele não merecia férias tão movimentadas, que precisava de um tempo pensando sobre a vida e fazendo exercícios de reforço, e Porto Alegre deve ter surgido como uma opção barata de punição.

Rodrigo não reclamou. Porto Alegre é mais difícil no meio do ano, a casa não tem lareira e não existe aquecedorzinho portátil que impeça a sensação de que o frio nasce dentro dos seus ossos, mas ver os avós nunca é ruim. Uns anos atrás, na última vez em que Rodrigo visitou a cidade no inverno, os dois armaram uma viagem a Canela que ele nunca mais esqueceu, o café da manhã colonial tão farto que mal cabia na mesa, a mania da avó de chamar o hotel de *môtel*, a piscina de pedra e água natural que Rodrigo jurava que um dia ia amanhecer congelada. Desta vez, no improviso, os avós não conseguiram programar nada, mas qualquer coisa dentro daquela casa é melhor do que continuar olhando a cara dos pais, ainda mais quando a avó parece disposta a esgotar, nessas duas semanas, todas as técnicas clássicas de aquecimento: de edredons a chocolates quentes, passando por ensopados alemães, banheiras ferventes, baldes e mais baldes de pipoca na frente da televisão.

*

O professor que preparou os exercícios para as férias talvez também precisasse de umas aulas de reforço. Os exercícios são ridículos, parecem tirados de um almanaque da Turma da Mônica. Além deles, o pai colocou na mochila de Rodrigo uns cadernos de caligrafia, na esperança de que ele não só faça as pazes com os estudos, mas também corrija o hábito meio bárbaro de escrever em letra de fôrma. Rodrigo olha para o papel pautado em cima da mesa, as letras arredondadas que precisam ser copiadas sem parar, e pensa que isso é absurdo, que trocar de letra é como trocar de rosto, ou de cérebro, ou de família.

Desiste da lição e deita no chão do quarto. Olha para o lustre, para a mancha escura que a lâmpada incandescente fez no teto. Ouve, no andar de baixo, o avô vociferando diante da televisão. Ele assiste aos jornais da tarde, anda obcecado com reportagens mostrando deputados acotovelados numa saleta enquanto o motorista do presidente faz alguma revelação explosiva sobre o patrão. Canalha, ele grunhe, num tom mais alto do que o habitual, um pouco por indignação genuína, outro pouco porque a avó não está em casa.

Entediado, Rodrigo tem uma lembrança repentina: o velho conjunto de futebol de botão do pai, com goleiras de redinha e botões de galalite. Ele teve um pico de interesse pelo assunto lá pelos sete anos, passava as manhãs jogando na mesa de jantar, chegou a aprender as peculiaridades do regulamento gaúcho, que por algum motivo é diferente do resto do país, mas logo deixou aquilo para lá. Agora, porém, a lembrança o incendeia por dentro, e ele abre as gavetas do armário como se desenterrasse um tesouro, pensando naqueles jogadores coloridos que o avô dizia serem fabricados a partir do leite, e é difícil saber o que o fascinava mais, se essa informação surreal — um brinquedo feito de leite — ou aquele nome que dava vontade de ficar repetindo, galalite, galalite, galalite.

Descobre com tristeza que os brinquedos não estão mais lá, nem os botões, nem os velhos carrinhos de madeira, e lembra que ano passado a avó perguntou se Rodrigo tinha algum interesse naquilo — e ele, querendo posar de rapaz maduro, disse a ela que não, que podiam passar adiante, de modo que agora as gavetas estão repletas de documentos, pastas, papéis velhos.

Rodrigo remexe as gavetas. Numa caixa de sapatos encontra um monte de fotos antigas: o pai sem bigode, os avós visitando as Sete Quedas, a bisa fazendo crochê. No meio de tudo há uma imagem da mãe, bem jovem, uma túnica florida até o joelho, na frente de um muro todo pichado, acenando animadamente para o fotógrafo. Em outro momento a descoberta de uma foto da mãe no meio das coisas do pai talvez o surpreendesse, mas agora não. Nessa época ela não devia ter mais que dezoito anos, era um pouco mais velha que seus colegas do terceiro colegial. Rodrigo pensa nos meninos e meninas que encontra todo dia na entrada da escola, pessoas com barba, com peitos, pessoas tão fortes e altas e cheias de vigor que parecem mais adultas que os próprios adultos, e tenta imaginar a mãe no meio deles, fumando, rindo, trocando abraços e piadas. Mas ele não consegue. Ela não se encaixa. É impossível transportar a mãe através do tempo, a jovem de túnica florida mora naquela foto, de onde nunca mais vai conseguir sair.

*

Guarda a foto no bolso sem saber direito por quê. Queria estar longe da mãe e do pai, queria não pensar mais neles, ao menos não neles juntos, nessa entidade coletiva que nunca fez sentido algum, "os pais", e de repente começa a sentir que não há fuga possível, que é óbvio que Porto Alegre acabaria trazendo essas lembranças à tona mas que no fundo não faz diferença, que mesmo que fuja para Zurique ou Marrakech o pai e a mãe estarão a seu lado, que enquanto Rodrigo existir os dois existirão nele, como uma maldição, como uma doença. Sai do quarto, desce a escada, vai até o quintal. Está de camiseta, o vento frio arrepia seus braços, a costela-de-adão à sua frente balança como se quisesse lhe ensinar uma coreografia. Rodrigo põe a mão sobre o bolso da calça, sente o contorno do papel fotográfico, o retângulo frágil fazendo um desenho no moletom. Poderia amassar essa foto. Poderia pegar um isqueiro na cozinha e queimá-la ali mesmo. Poderia tacar fogo na sala e ver a casa engolida por uma bola de fogo e depois, caminhando entre as cinzas fumegantes, encontrar a foto intacta, a mãe sorridente no meio dos destroços, jovem e feliz até a eternidade.

*

Vai se gripar, Winnetou, diz o avô da janela. Ele tem uma expressão esquisita no rosto, como se soubesse o que Rodrigo está fazendo, como se fosse capaz de ler seus pensamentos. Pessoas que falam pouco têm esse poder, pensa Rodrigo, parecem estar sempre no meio de uma atividade telepática. O avô o chama para sair, tem umas coisas para levar no correio. Vai ser rapidinho, explica, mas Rodrigo sabe que não é bem assim, que no caminho de volta, se não ficar muito tarde, os dois passarão no boteco com paredes de madeira e cheiro de resina onde o avô invariavelmente toma um par de cervejas e deixa que Rodrigo peça três refrigerantes diferentes e misture tudo num copão de milk-shake.

Dito e feito. Na volta, em vez de seguir pela rua lateral que os levou até a agência dos correios, o avô sugere que façam um contorno pela Vinte e Quatro de Outubro. Estão chegando à esquina quando Rodrigo vê, do outro lado da avenida, o mercadinho onde entrou com a mãe no último Natal. Sente um estremecimento, o avô precisa puxá-lo para que sigam em frente. Chegam ao bar, sentam no balcão, o avô acena para o garçom, e minutos depois, enquanto despeja os refrigerantes no copo, fazendo aquela mistura cor de ferrugem que nem é tão boa assim, mas que ele bebe com prazer porque é meio proibida, Rodrigo olha o avô pelo espelho atrás do balcão e se pergunta o que ele diria se realmente conseguisse ler pensamentos, se descobrisse, por trás da alegria com que o neto chupa aquele canudinho, as vozes confusas que moram dentro de sua cabeça.

— Alô, o Lucas está?

— Sou eu. Oi.

— É o Rodrigo.

— Eu sei.

— ...

— ...

— ...

— Tá frio aí?

— Em Porto Alegre? Tá. Mas na serra tá pior. Parece que nevou ontem.

— Sério?

— Um pouco. Mas aí derreteu.

— ...

— ...

— Passou *O homem de Itu* na quarta, cê viu?

— Quê?

— *O homem de Itu*. Aquele filme que eu te falei que tem um cara com o pinto gigante. Gravei a primeira metade só, aí minha mãe chegou. Depois eu te mostro.

— Legal.

— ...

— ...

— ...

— ...

— ...

— Eu vi minha mãe beijar meu pai.

— Quê?

— Eu vi minha mãe beijar meu pai. No Natal. E antes disso eu tava com ela no mercado e ela se assustou com um velho e teve um treco e saiu correndo chorando.

— ...

— ...

— Caramba.

— Eu preciso desligar, minha avó tá chamando pra janta. Tchau.

*

Mais tarde, já na cama, bem enterrado debaixo de cinco camadas de cobertores, Rodrigo recebe cafuné da avó. Você devia trazer esse seu amigo pra cá, ela diz. Não é tão amigo assim, responde Rodrigo, sem saber por que está dizendo isso. Também não sabe bem por que ligou para Lucas, nem por que agora, sentindo as unhas da avó passeando por sua cabeça, entrando naquele estado intermediário entre o sono e a vigília, ele tenta tão desesperadamente se manter acordado. A avó começa a estalar a língua, é a introdução de uma música de ninar alemã que em geral o nocauteia antes da segunda estrofe, mas Rodrigo resiste, precisa pedir que a avó interrompa o cafuné, que pare de cantar e acenda a luz, mas as pálpebras pesam e as palavras se misturam e a canção alemã entra em seus ouvidos como um cavalo descontrolado, atropelando tudo o que vê pela frente, arrastando consigo o que quer que tenha sobrado de lucidez.

*

Passa as próximas tardes inventando desculpas para voltar à região do mercado. Diz ao avô que quer mandar um cartão-postal para a mãe. Que ouviu falar que abriram um fliperama novo por lá. Que quer caminhar um pouco mais, que anda muito sedentário e isso está atrapalhando seus estudos. No caminho de volta, invariavelmente, os dois passam pelo bar, e antes pela avenida, e ao se aproximar da esquina Rodrigo dá um jeito de esticar o olho para o lugar. Às vezes inventa uma desculpa para conseguir espiar mais tempo, um sapato desamarrado, uma dor súbita na perna. Observa a fachada, o movimento das pessoas. Refaz mentalmente a imagem da mãe saindo apressada lá de dentro, deixando para trás as compras, os funcionários, o velho de boina no fundo do corredor. Consegue ver a si mesmo de mãos dadas com ela, dizendo mãe, o leite, você esqueceu de pegar o leite. Ela segue em frente, trotando, esbaforida. Se fechar os olhos, Rodrigo ainda pode sentir os dedos da mãe esmagando os seus, sua mão sumindo dentro da dela.

*

Um dia, no bar, o avô se aproxima, um risinho no canto da boca. Diz que sacou tudo, que o neto não precisa mentir para ele. Rodrigo gela por um instante, sente que o pior aconteceu. Encara as sobrancelhas caóticas do avô, o olhar que parece furar sua cara. Você tá viciado nessa porcaria, diz ele, apontando o líquido marrom dentro do copo, e Rodrigo diz aliviado que sim, que não consegue parar de pensar no refrigerante, que os pais ficariam furiosos se descobrissem que ele está bebendo isso. Os dois fazem um pacto. Irão diretamente ao bar, sempre que possível. Rodrigo pergunta se a avó não vai ficar chateada. Só se ela ficar sabendo, responde o avô, com uma piscadela cúmplice.

*

Uma tarde Rodrigo o vê, ou pensa que o vê. Não esperava por isso, apesar de tudo não parecia uma possibilidade até então. O avô caminha mais alguns passos, vira, percebe que o neto ficou para trás. Pergunta o que foi. Imóvel, Rodrigo demora uns segundos para responder. Quero comprar iogurte, balbucia, no improviso. O avô não entende, tu não queria o refri? Não quero mais, responde Rodrigo, apontando o mercado. Preciso tomar iogurte.

Entra no lugar parecendo um ciborgue. Só esteve ali uma vez, mas conseguiria se mover de olhos fechados por aqueles corredores, como um sonar ou um morcego — ou talvez como Winnetou caçando bisões de madrugada, iluminado apenas pela lua, o cavalo espremido pelos corpos dos animais enquanto o apache observa seus chifres, escolhe a presa certa, espera o momento exato de pular sobre ela. O avô ficaria orgulhoso, se tivesse alguma ideia do que está acontecendo — ou se não fosse ele, nesse momento, um dos bisões.

Rabanete!, exclama Rodrigo, com um tapinha dramático na testa, assim que passam os caixas. A avó pediu para comprar, explica — e aponta os legumes ao mesmo tempo que anuncia, já se afastando, que vai aos laticínios pegar o iogurte. Deixa o avô para trás, passa reto pelas geladeiras, sente o vento frio atacando a lateral de seu corpo. Chega aos fundos do mercado. Vem margeando as gôndolas, examinando os corredores. E o encontra.

É ele. A mesma altura. O mesmo cabelo ralo escapando da boina azulada. O mesmo jeito hesitante de olhar as prateleiras, como se não entendesse direito para que elas servem. O velho enche a cesta de macarrão e se dirige ao caixa preferencial. Papeia uns segundos com uma funcionária, diz algo que a faz sorrir e concordar com a cabeça, depois paga, pega as sacolas, começa a se mover rumo à saída.

Rodrigo volta a olhar para o avô. Ele está no meio do salão, esperando, uma sacolinha de rabanetes na mão direita. É um erro, qualquer decisão que não seja voltar para o lado dele é um erro, daqui a pouco começa a escurecer e esfriar e nada vai ser mais gostoso do que tomar um banho quente e comer o *späetzle* que a avó passou a noite anterior preparando, a faca cortando a massa gosmenta na tábua de madeira, um macarrãozinho por vez caindo na água fervente, mas ao ver que o velho começa a se afastar do mercado Rodrigo sai apressado em seu encalço, sem entender direito o que está fazendo, sem olhar de novo para trás.

Caminham na direção oposta à da casa dos avós. Rodrigo já andou por ali antes, mas agora as ruas parecem pertencer a uma cidade diferente. Uma mulher recolhe roupas dependuradas num pequeno varal de janela. Um funcionário varre as folhas da calçada de uma lanchonete. Um táxi vermelho buzina desesperadamente diante de um sobrado.

O velho anda rápido, é preciso esforço para acompanhar seu ritmo. A roupa dele não faz muito sentido: tênis de corrida, calça social, um casaco grosso de náilon, a boininha azul na cabeça grisalha. A certa altura ele entra numa loja de plantas, de onde sai minutos depois, as sacolas na mão esquerda, na direita um pequeno vaso de violetas.

Quando chegam ao destino, um predinho de quatro andares, com sacadas gradeadas, Rodrigo se esconde atrás de um carro estacionado. Antes de abrir a porta de ferro, com um molho de chaves barulhento que tira do bolso do casaco, o velho dá uma olhada receosa ao redor. A porta bate atrás dele com um estrondo. Momentos depois uma janela é aberta no segundo andar, uma mão empurrando as portas de uma sacada até fixá-las no gancho da parede, a cabeça arredondada do velho aparecendo por alguns segundos, o suficiente para colocar as flores numa pequena estrutura de plástico onde já estão alguns vasos.

*

Depois de uns minutos parado atrás do carro as pontas dos dedos de Rodrigo começam a formigar. É claro que é hora de ir embora. Ele sabe o caminho de casa, mas talvez seja melhor voltar ao mercado, onde imagina o avô imóvel no meio do salão, a sacolinha de rabanetes na mão, como num filme pausado. Decide dar uma última olhada no prédio, de perto, através do vidro da porta de ferro. Ao se aproximar, antes mesmo que possa olhar para dentro, é surpreendido por um *tlec* repentino. A porta se abre. Uma mulher alta e loira encara Rodrigo por um instante, olha para trás, pede para alguém se apressar. Uma criancinha aparece esbaforida, agarra a mão da mãe, esquadrinha Rodrigo com ar curioso. "Vai entrar?", pergunta a mulher, um sorriso amável no rosto, enquanto segura a porta aberta.

*

O hall de entrada lembra o da tia Edna, lá em Lajeado: um corredor estreito repleto de caixas de correspondência, uma mesinha inútil encostada na parede, um quadro de avisos sem aviso nenhum. A diferença é que tudo parece mais opaco, a luz amarelada deixa as coisas meio doentes, meio febris. As caixas de correspondência, muitas entreabertas, parecem um coral de bocas, cada uma cantando uma canção diferente. Rodrigo olha para o fundo do corredor, percebe que ele se alonga para além das escadas. Descobre dois apartamentos lá atrás, mas se afasta rápido, como se houvesse algo de repulsivo no fato de alguém morar no térreo.

*

Sobe pulando os degraus de dois em dois. A fachada tem dois apartamentos por andar, a varanda da direita e a da esquerda, não é difícil encontrar a porta certa. Depois de analisar os detalhes do retângulo de madeira — as rachaduras no compensado, o número 21 ligeiramente torto, o santinho empoeirado preso num prego por um fio de náilon —, Rodrigo encosta o ouvido na porta. Escuta uma voz distante, os passinhos de um cachorro. Afasta-se, sobe um lance de escada, se refugia num ponto cego entre o segundo e o terceiro andar. Fica sentado, recuperando o fôlego, esperando que algo aconteça. Vinte minutos depois a porta se abre e o velho sai carregando um saco cheio de lixo. Fica!, ele diz para dentro do apartamento, mas é inútil: após alguns segundos um pequeno pinscher atravessa o corredor e segue o dono escada abaixo. Quando Rodrigo começa a escutar a voz do velho ecoando no térreo, parece um movimento natural abandonar o esconderijo, correr até a porta encostada, empurrá-la vagarosamente, entrar na ponta dos pés.

A sala é repleta de vasos de planta: algumas samambaias, uma espada-de-são-jorge, umas flores de que Rodrigo não conhece o nome, uma pequena trepadeira enrolada em pregos ao redor da sacada, mas o que entra pelo seu nariz é um cheiro ardido de cigarro, como se aquele odor estivesse impregnado nas plantas, como se as próprias plantas tivessem o hábito de fumar. Não demora e aparece um aroma invasor, adocicado, que Rodrigo descobre vir da cozinha, da pequena panela onde ferve um molho de tomate.

Perto do fogão há um cinzeiro azul cheio de bitucas onde se lê PENTACAMPEÃO GAÚCHO 85-89. Pratos recém-lavados pingam no escorredor. O molho crepita na panela, o vento assovia numa janela mal fechada da área de serviço. Rodrigo abre os armários da cozinha, encontra um nicho vazio sob uma prateleira cheia de latas e pacotes de bolachas. Espreme-se ali embaixo. Fecha a portinha no instante em que o velho e o cachorro voltam ao apartamento.

Desgraça, diz o velho ao entrar na cozinha, e pelas ripas do armário Rodrigo consegue ver suas pernas dirigindo-se até o fogão. A voz não combina com ele. Nada em sua figura encaixa direito, esse homem que parece existir aos pedaços, uma boina, um tom de voz, um jeito de caminhar. O velho desliga o fogo, se serve de comida, senta para comer numa mesinha de alumínio. Está a menos de um metro de Rodrigo. Seu tênis tem um N gigante na lateral. Um garfo cai no chão, ele estica o braço para pegar — um braço coberto de pelos brancos, parecido com um carpete. O cachorro se aproxima, lambe o molho de tomate que respingou no chão. Fareja algo, aproxima-se do armário, tenta enfiar o focinho numa fresta. Sai daí, diz o velho. Ele termina de comer, larga a louça na pia e se afasta, seguido pelo animal. Rodrigo passa a próxima meia hora mapeando com os ouvidos os passos dos dois pela casa. O piso da sala, o piso do quarto. A pia do banheiro. A escova de dentes batendo na borda da pia. Uma buzina insistente na rua, peraí, grita o velho, que apaga a luz da cozinha e sai.

*

Rodrigo abre a porta do armário. O cachorro reaparece correndo. Para a uma distância segura e começa a latir desesperadamente. Só se acalma quando recebe de presente um pacote de biscoitos de chocolate. Rodrigo passa por ele, vai até a sala. Senta no sofá, respira fundo, saboreia por um momento o fato de estar sozinho nesse lugar, um pouco como o Lucas em sua casa, fumando charutos, jogando video game, gravando escondido fitas de sacanagem. Só que ali não tem Super Nintendo. A televisão, no meio das plantas, parece um objeto perdido, caído de um caminhão de mudanças.

O que Rodrigo faz nesse lugar? O que espera encontrar? Ele não sabe. Chegou naturalmente até ali, sem pensar direito, uma coisa levando a outra. Olhando ao redor, ele se lembra por um momento da sala do pai, do piso de carpete puído, da cristaleira com uísque, do grande móvel de madeira escura onde repousa a televisão em que assistiu à final da Copa de 90, do clique que faz o controle remoto quando o devolvemos ao nicho da televisão. Lembra-se da sala da mãe, do sofá vermelho desbotado, dos tacos soltos que ela fala toda semana em consertar, das caixas de feira onde estão armazenados os discos de vinil, incluindo um do Caetano cuja capa também abriga a trilha da novela *Ti-ti-ti*. As duas salas são retratos fiéis do pai e da mãe, ainda que Rodrigo não saiba explicar o porquê, ainda que objetivamente não haja nada no móvel de madeira escura ou no sofá vermelho desbotado que simbolize ou defina cada um deles.

E agora há essa sala ao seu redor. Quatro paredes amareladas cujo interior também deve definir alguém, também deve ser parte de quem aquela pessoa é, e no entanto Rodrigo não consegue sentir nada, não consegue chegar a conclusão nenhuma. As coisas à sua volta não passam disso, de coisas, o silêncio delas não guarda nenhum significado especial. Seria o momento perfeito para os poderes de Rodrigo voltarem à tona, aquela capacidade de estar dentro do mundo e enxergá-lo e ouvi-lo com nitidez. Mas isso não acontece. Mesmo quando tenta visualizar o velho na sala, fumando e regando suas plantinhas, essa imagem tem algo de impreciso, de artificial.

*

O cachorro volta à sala, empanturrado e em paz. Cheira seus pés. Balança o rabo quase inexistente. Rodrigo arrisca um carinho, que o animal aceita primeiro com relutância, depois se entregando de vez, deitando no chão, oferecendo a barriga para seus dedos. Após alguns minutos de cafuné, Rodrigo se levanta, avança pelo corredor, o cachorro o seguindo como um anfitrião preguiçoso. No quarto, a cama desarrumada lembra uma escultura pela metade, e talvez mesmo essas coisas tenham um significado oculto, a parede descascada, o bolo caótico de lençóis e cobertores, a mesinha de cabeceira com cartelas de remédios e um protetor auricular.

Ele acha um cantinho da cama para se deitar. Cruza as mãos sobre a barriga. Fecha os olhos, abre. Imagina-se dormindo naquele colchão. Imagina-se acordando. Respira fundo, sente o cheiro de guardado, um cheiro que ele reconhece, que já sentiu na casa dos avós. Olha para as manchas na pintura do teto — uma delas parece o mapa da América do Sul. Levanta com cuidado, avança até o banheiro. É um cubículo forrado por azulejos beges, o espelho sujo de marcas de corrosão, a pia cheia de pelos e restos de pasta de dente ressecada. Uma pequena bolota de cocô boia na privada. Rodrigo dá descarga, mas se arrepende em seguida. Sai do banheiro na ponta dos pés. No caminho até a sala percebe uma foto enquadrada na parede no corredor.

*

Sentado novamente no sofá, Rodrigo observa o quadrinho que tirou da parede. É uma foto antiga, em preto e branco. Ela mostra um jovem de farda militar diante do Cristo Redentor, sorridente, dentes meio separados e nariz de batata. Repara nos pelos de seu braço, no carpete ainda escuro que cobre sua pele. Tira a foto de dentro do vidro. Passa o dedo sobre o papel, como se fosse possível sentir pelo toque a textura da farda, dos pelos do braço, da cabeça raspada sob o quepe. Olha para o rosto do rapaz, faz um esforço para envelhecê-lo mentalmente, mas não demora e seu pensamento toma outro rumo, e o que se fixa em sua imaginação não é o dono daquele apartamento, não é o velho cujo rosto Rodrigo queria tanto decifrar: são seus bonecos articulados, seus Comandos em Ação. Imagina um deles com aquela cara, vestindo aquela farda, dividindo espaço na gaveta de brinquedos com outros companheiros de batalha: o Bazuqueiro, o Rádio Alerta, o Lança-Chamas, o Cobra de Aço. Imagina a si mesmo pegando o boneco na gaveta, abrigando-o na palma da mão. Imagina um boneco fardado em tamanho real passeando pelas ruas de Porto Alegre, indo ao mercado, fazendo compras, e quando o sol começa a se pôr ele volta calmamente para casa, os pés de plástico estalando no contato com a calçada. Ele chega ao prédio, sobe as escadas, entra pela porta do apartamento. Está abraçado a um vaso de flores, na outra mão carrega uma metralhadora de plástico, e quando se agacha para depositar a planta no chão, quando acaricia com a mão dura uma das pétalas, Rodrigo vê o buraco no meio de suas costas, o orifício que na verdade é o coração desses bonecos, no fundo do qual mora o pequeno parafuso que, quando retirado, desmonta o brinquedo por completo. Então imagina o boneco aos pedaços no meio da sala, tronco para um lado, braços e pernas para o outro, a cabeça largada no chão o encarando com o sorriso estático da fotografia.

Claro que uma imagem lembra a outra. Rodrigo sente o retângulo de papel no bolso direito, tira a foto já amarrotada. Tem um sobressalto, como se não esperasse encontrar a mãe ali. Já aconteceu outras vezes: ele se esquecer, por alguns instantes, da existência dela. Está distraído com alguma coisa, uma conversa com amigos, um filme na televisão, e aquela presença silenciosa, aquela nuvem quente que o rodeia dia e noite, dando sentido à sua vida, oferecendo a ele uma lente através da qual enxergar o mundo, parece momentaneamente se dissipar. Então a lembrança volta, e é sempre um pequeno susto, um misto de alívio e decepção, como acordar no meio de um sonho.

Rodrigo coloca as imagens lado a lado. Dois jovens sorridentes encarando a câmera. A mãe está linda: tem a expressão radiante, o cabelo revolto, o olhar arregalado de alegria e surpresa. Atrás dela há um muro sujo e pichado, não é uma foto turística como a outra. Talvez não seja nem mesmo uma foto posada. Ela olha para a câmera, parece saber que alguém está fazendo o registro, mas algo não está no lugar, ela tem aquele braço levantado, aquela expressão eufórica, não é o sorriso falso que a gente faz quando posa para uma fotografia. Dá a impressão de que se preparava para a foto quando alguém apareceu atrás do fotógrafo, alguém que ela reconhece e se alegra por ver, e no momento exato do clique ela ergue o braço e acena — e por um momento Rodrigo tem a sensação de que aquele gesto é para ele, que aquele braço branco brotou da túnica florida com o único intuito de chamar sua atenção, ei, filho, sou eu, e esse pensamento o enche de ternura, o sorriso da mãe atravessando o tempo para tranquilizá-lo, para colocar tudo no lugar certo mais uma vez. Mas quando olha com mais atenção ele percebe que o braço que ela levanta é o braço das marcas de nascença, das bolinhas enrugadas, das pegadas do hipopótamo em miniatura, e para sua surpresa elas não estão lá, o braço da mãe é um braço liso, imaculado, um braço em que ninguém jamais tocou.

*

O coração é o primeiro a reagir, acelerado, como se o cutucasse por dentro. Rodrigo olha ao redor. Se dá conta do absurdo que é estar nesse sofá, nesse apartamento. Está ficando escuro, ele precisa ir embora, precisa sumir dali. Levanta num pulo, enfia a foto do militar na moldura. Volta ao corredor em meio à penumbra, mas quando tenta encaixar o suporte triangular no prego da parede o quadro cai no chão. A cobertura de vidro se espatifa em mil pedacinhos. Ele se agacha, afobado, começa a juntar os cacos na palma da mão. O cachorro aparece, a língua de fora, o focinho aceso se metendo em tudo, cheirando tudo. Rodrigo o afasta com o braço, mas o cachorro insiste, Rodrigo o empurra com um pouco mais de força. Quando o bicho volta à carga pela terceira vez Rodrigo o puxa pelo rabo, e o cachorro solta um ganido e morde sua mão.

Cego de dor, Rodrigo agarra o cachorro pelo pescoço e o ergue do chão. Olha o que você fez, diz, as bolotas de sangue brotando da mão direita. Olha o que você fez. O cachorro luta por alguns instantes, se debate, as perninhas balançando no ar, e de repente fica imóvel, a boca arquejante, a língua mole, os olhos arregalados, duas bolas pretas e engorduradas fitando Rodrigo de um jeito meio torto, como se quisesse e não quisesse encarar o seu algoz, e enquanto encara o cachorro de volta, enquanto sente o corpinho peludo e magricela entre seus dedos, latejando de medo, de raiva, de confusão, o que vem à cabeça de Rodrigo não é mais a mordida, nem o cachorro, nem a pressa de sumir desse lugar. É a mãe. No supermercado. As sandálias sujas de leite. O corpo duro, as mandíbulas travadas, os olhos alucinados cravados no rosto. Rodrigo devolve o bicho ao chão, o vê correndo com o rabinho entre as pernas rumo à cozinha, mas os olhos dela seguem ali, a seu lado, são olhos cheios de desespero e loucura, olhos que, ele agora entende, não surgiram naquela noite, num corredor de supermercado, mas já moravam havia muito tempo no rosto da mãe, mesmo quando ela dava sua gargalhada rouca ou o encarava com aquela expressão de amor puro, de adoração infinita, olhos que o viram nascer, crescer, que o educaram e mostraram seu caminho no mundo, que passaram a vida assistindo às suas tentativas de fuga, ao pacto que Rodrigo firmou desde muito cedo com a alienação e o esquecimento, à sua dificuldade em compreender que esse silêncio não existe, que é uma miragem, que as coisas estão sempre dizendo o que são, que ele sabe o nome de tudo e isso independe das perguntas que deixou de fazer ou das respostas que não quis escutar: isso vive nele, como uma marca em sua pele.

Rodrigo acende a luz do corredor do térreo com um toque no interruptor. Segue apressado até a porta, a grande porta de ferro e vidro que o separa do lado de fora, mas quando puxa a maçaneta ela se recusa a abrir. Depois de um momento de perplexidade, ele se lembra do botão azul ao lado da fechadura. Está prestes a apertá-lo quando escuta um barulho vindo da rua.

Um Opala branco de portas pretas encosta na frente do prédio. O luminoso sobre a viatura está desligado. Não dá para saber quantas pessoas estão no carro, mas quando a porta traseira se abre parecem escapar dezenas de gargalhadas lá de dentro. O velho desembarca, tossindo de tanto rir. A janela do passageiro é aberta, aparece um rosto barbado e sorridente. De pé ao lado da viatura, o velho troca provocações com os amigos, continua a conversa por mais um minuto ou dois. Então se despede, e o carro arranca fazendo barulho.

Depois de alguns segundos observando o Opala se afastar, o velho pega um cigarro no bolso e o acende. Começa a caminhar rumo à porta do prédio. Vem devagar, cambaleando levemente. Lá dentro, hipnotizado pelo vulto que avança em sua direção, Rodrigo não percebe que a luz do hall se apagou. Do escuro, vê o velho se aproximando, aumentando de tamanho a cada passo. Quando enfim chega à porta, é uma sombra imensa, um gigante cobrindo a visão da rua. Por um momento só o cigarro em sua boca parece emitir luz, só a brasa cintila na escuridão.

*

Eles estão a meio metro um do outro. Oscilando feito um pêndulo, o velho tira um molho de chaves do bolso. Enquanto ele investiga o objeto, Rodrigo aproveita para observar seu rosto. Faz isso minuciosamente, como quem decifra um mapa, como quem tenta decorar um caminho. As pálpebras tremem feito crianças em pânico. O lábio inferior é tão grande que parece o pai do superior. O nariz caroçudo lembra uma pedra abandonada, os pelos grossos e brancos fugindo das narinas. O velho enfim encontra a chave. Enfia na fechadura, tenta girar, tira, enfia de novo. Decide testar outra, depois outra, e ao mesmo tempo que deseja que isso acabe, que aquele sujeito dê meia-volta e desapareça, Rodrigo começa a ficar incomodado com a demora, a repetição, o tempo que se alonga e engorda e recusa a passar — e, como quem pula numa piscina gelada, decide apertar o botão azul. *Tlec.*

*

A porta é aberta com um puxão seco. O ar frio entra primeiro, seguido pelo cheiro do cigarro. Confuso, o molho de chaves pendendo da mão direita, o velho encara o hall escuro à sua frente. Ele não vê Rodrigo, que aguarda colado à parede, segurando a porta de ferro como um porteiro diligente. Então balança a cabeça, guarda as chaves no bolso, solta um soluço e se põe em movimento. Lento, pesado, o velho demora a passar: parece enorme, infinito, como um trem ou um navio. Quando finalmente deixa Rodrigo para trás, sai apalpando a parede da direita, à procura do interruptor. A luz acende com um pequeno estalo. O velho se vira e descobre Rodrigo parado atrás dele, os olhos fixos nos seus, a mão ainda agarrada à porta aberta. Os dois passam um instante se encarando, um instante que para Rodrigo não existe, que é um borrão no meio da noite.

Guri, diz o velho, sem ênfase. E dá de ombros, e engole um arroto, e segue adiante, e enquanto cambaleia na direção das escadas sua figura gigantesca vai encolhendo lentamente, um passo depois do outro, cada vez mais encurvada, de modo que quando agarra o corrimão e começa a subir os degraus o que sobrou daquele homem é um vulto mirrado, um animalzinho frágil e febril.

*

A porta de ferro bate às costas de Rodrigo com um estrondo. O ar da cidade o envolve como um cobertor gelado. Ele atravessa o jardim. Dá uma última olhada para o prédio, ouve os latidos, vê a janelinha se acendendo no segundo andar. Chega à rua e começa a caminhar, mas não é exatamente seu corpo que se move, é a cidade que gira como uma esteira sob seus pés, e os sons ao redor flutuam até seus ouvidos, a buzina dos carros, a televisão de algum vizinho, a copa das árvores que balança feito um chocalho com a força do vento, e Rodrigo aperta o passo mas não tem pressa, o que ele sente é o contrário da pressa, ele corre cada vez mais rápido mas é como ficar parado, como ter chegado em algum lugar.

O avião vibra levemente. As luzes de apertar o cinto são acesas, o piloto avisa que se aproximam de uma zona de turbulência. As aeromoças avançam rumo a seus assentos, no ritmo ensaiado de sempre, rápido e devagar. Rodrigo guarda o gibi na mochila. Olha pela janela, para as nuvens que parecem imóveis sob o avião. Sente um cheiro meio doce, que logo descobre vir dele mesmo: o abraço de despedida da avó foi tão longo que carimbou seu casaco com o perfume.

*

O retorno para casa foi barulhento como previsto. Avô trêmulo, avó aos prantos, pai e mãe descabelados ao telefone. Como você faz uma coisa dessas? Você podia ter *matado* alguém. Sabia que o seu avô tem um marca-passo? Choro, desculpas, uma explicação mentirosa e razoável para o sumiço, o melhor *späetzle* da vida enquanto a avó insistia, sem parar de servir seu prato, que a comida estava bem mais gostosa quando saiu da panela pela primeira vez.

Foram dias estranhos. Era como se um filtro tivesse sido aplicado às coisas, dando a tudo um outro ar, uma outra energia. A casa ficou grande demais. Os móveis pareciam prestes a sair correndo. Os passarinhos se esgoelavam na copa das árvores. O silêncio do avô, antes parte da paisagem, agora atingia o coração da sua culpa.

Não dava para saber no que o avô estava pensando. Na última manhã, no Parcão, sentado a seu lado diante do lago, depois de terminar de jogar migalhas de pão para os patos, Rodrigo tomou coragem e pousou a mão sobre a mão dele. Sentiu a pele fina, quase transparente. O avô ficou imóvel uns segundos, olhando para o lago, só as sobrancelhas tremulando com o vento. De repente virou a mão e apertou a sua, com uma força que parecia que ia quebrar seus ossos, uma força que ele não sabia que um avô podia ter.

*

Descer do avião. Sentir o vento frio na cara. Seguir com a funcionária da companhia aérea até as esteiras. Pegar a mala, andar até a porta automática, não olhar para fora até a hora de atravessá-la, de passar pelas folhas de vidro que abrem e fecham como uma boca faminta. Rodrigo achava que veria o pai, normalmente é ele quem vai buscá-lo no aeroporto, mas quem o espera é a mãe, e por algum motivo vê-la não é muito diferente de trombar com um fantasma. Ela ainda não percebeu que ele se aproxima, está distraída procurando alguma coisa na bolsa, e num momento de desespero Rodrigo sente que ainda dá tempo, que ainda é possível fugir. Ele olha para trás, para a boca que segue cuspindo gente, para o umbral envidraçado que separa os vivos dos sobreviventes, os que esperam dos que conseguiram chegar. Mas não é possível dar meia-volta. A mãe o vê, enfim, e abre um sorriso eufórico, e aquele braço acenando freneticamente não parece erguido para Rodrigo, mas para outro tempo, outra vida, como se o que estivesse diante dele fosse um holograma infernal, enxertado à força na realidade. O coração de Rodrigo bate em todas as partes do corpo, como se também quisesse sair correndo, mas ela avança até ele e o abraça, e enfia o nariz em seus cabelos, e aperta seu corpo com as mãos nervosas que ele conhece tão bem, e é ela, claro que é, é sempre ela quem está ali.

*

No caminho até o estacionamento a mãe o enche de perguntas genéricas, sobre os avós, o frio, o avião. Entram no carro um pouco antes de a chuva começar a cair. Rodrigo ia sentando no banco de trás, mas para sua surpresa a mãe pergunta se ele não quer ir ao lado dela. Assim que dá a partida ela se cala. Odeia dirigir com chuva, morre de medo de derrapar ou perder a direção. Eles se afastam do aeroporto. Pegam a alça para a rodovia. Afundado em seu banco, Rodrigo espiona a mãe com o canto do olho. Os dedos espremendo o volante. As unhas roídas e sem manicure. Os pelos finos cobrindo o braço, as manchinhas enrugadas que ele conhece tão bem, mas que agora parece estar vendo pela primeira vez. Ele desvia o olhar. Tenta se distrair com algum outdoor da estrada, mas é difícil enxergar, a chuva engrossou de vez. A mãe acelera o limpador de para-brisa, cola o rosto no vidro. A tempestade envolve o carro como um lençol azulado. Por um momento nada parece se mover: o carro roda sem sair do lugar, a mãe dirige sem mexer um músculo, o próprio Rodrigo parece envolvido por uma casca fria e dura. Seria bom seguir assim, seria perfeito, estar dentro de algo mas fora do mundo, os dois boiando num presente puro, uma tarde infinita. Seria perfeito, mas o barulho do limpador o devolve à realidade, ao metralhar da chuva, aos carros que ultrapassam e buzinam ao redor, e embora olhe fixamente para a frente a mãe de certa forma também o observa, suas mãos agarradas ao volante o encaram, e seus braços, e as marcas em seu braço, e Rodrigo sente que poderia dizer alguma coisa, que esse seria um ótimo momento para começar a falar.

Grafia atualizada segundo o Acordo Ortográfico da Língua Portuguesa de 1990, que entrou em vigor no Brasil em 2009.

capa
Daniel Trench
composição
Jussara Fino
preparação
Cacilda Guerra
revisão
Érika Nogueira Vieira
Ana Alvares

Dados Internacionais de Catalogação na Publicação (CIP)

Mattoso, Chico (1978-)
O hipopótamo / Chico Mattoso. — 1. ed. — São Paulo : Todavia, 2025.

ISBN 978-65-5692-868-5

1. Literatura brasileira. 2. Romance. 3. Ficção contemporânea. 4. Ditadura militar — Brasil (1964-1985). I. Título.

CDD B869.3

Índice para catálogo sistemático:
1. Literatura brasileira : Romance B869.3

Bruna Heller — Bibliotecária — CRB-10/2348

**todavia**
Rua Fidalga, 826
05432.000 São Paulo SP
T. 55 11. 3094 0500
www.todavialivros.com.br

fonte
Register*
papel
Pólen natural 80 g/m²
impressão
Geográfica

FSC
www.fsc.org
MISTO
Papel | Apoiando o manejo florestal responsável
FSC® C019498